David Bueno · Salvador Macip
Eduard Martorell

LARA
oder Der Kreislauf
des Lebens

David Bueno · Salvador Macip
Eduard Martorell

LARA

oder Der Kreislauf
des Lebens

Aus dem Katalanischen von
Kristin Lohmann

Carl Hanser Verlag

Für María, Gerard und Arnau
D. B.

Für Yolanda und Pol
S. M.

Für Ingrid und Sílvia, meine Töchter,
und für Sonia, ihre Mutter
E. M.

Nur die innere Reise ist wirklich.
Rainer Maria Rilke

PATIENTENAKTE

PERSÖNLICHE ANGABEN DES PATIENTEN

Familien- und Vorname		Bett Nr.	Akte Nr.
▬▬▬▬▬, LARA		89	36.A45
Geschlecht	Geburtsdatum	Bericht erstellt von:	
männl. ☐ weibl. ☒	Tag 12 Monat 2 Jahr ▬	Dr. Rovira	
unbestimmt ☐			
Name des Vaters	Name der Mutter	Namen der Geschwister	
Ramón	Cristina	Pablo	

GRUND FÜR DIE KONSULTATION, AKTUELLE ERKRANKUNG

ANAMNESE

Patientin, 14 Jahre, weiblich, keine nennenswerte familiäre Vorbelastung, weist seit zweieinhalb Jahren das Krankheitsbild Lupus erythematodes mit kurzen, schweren Anfällen auf, die bei Behandlung kontrollierbar sind (siehe Auflistung der Krankenhausaufenthalte und Behandlungen weiter unten).

AKTUELLE ERKRANKUNG:

Patientin mit akutem Lupus-Anfall, stationäre Aufnahme; anhaltendes Fieber und heftige Muskelschmerzen. Sechs Tage auf Station ohne Ansprechen auf die Therapie, Verlegung auf die IST nach Symptomverschlechterung: weiterer Anstieg der Körpertemperatur, Pleuraerguss, Dyspnoe, Hämaturie, Orientierungslosigkeit, Bewusstlosigkeit.

FAMILIÄRE VORGESCHICHTE

Zutreffende Erkrankungen unter Angabe des Verwandtschaftsgrades ankreuzen

Alter	☐ Diabetes mellitus	☐ angeboren
	☐ Tumorerkrankungen	☐ Epilepsie
		☐ Tuberkulose

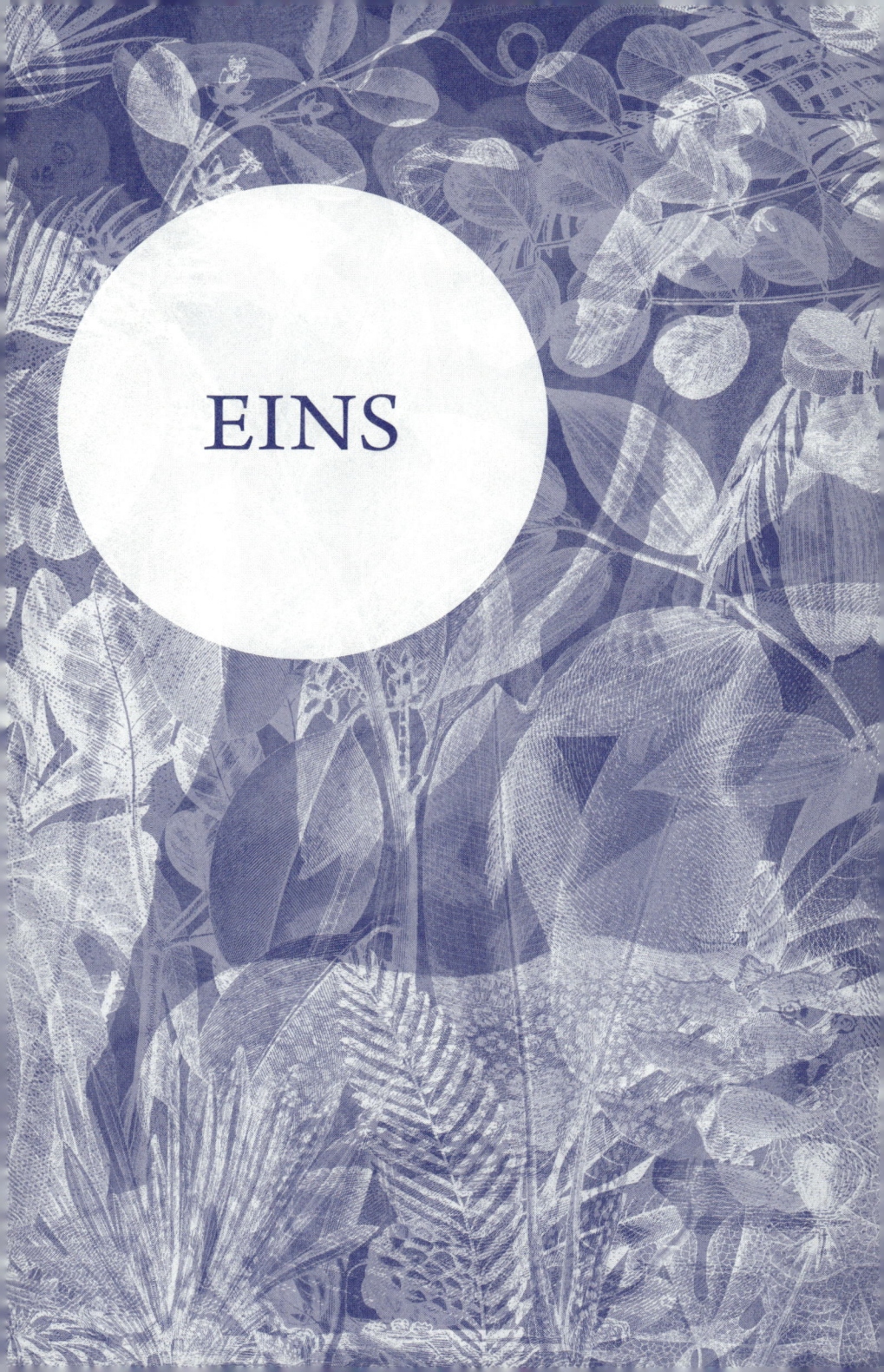

EINS

Als Lara die Augen öffnet, findet sie sich in einem karg eingerichteten Raum wieder. Es fehlt das freundlich anmutende Ambiente der Station, auf der sie die vergangenen Tage verbracht hat. Vielleicht kommt ihr das aber auch nur so vor, weil die Umgebung neu ist, ungewohnt, und weil Lara diesen Raum mit dem Gefühl der Aussichtslosigkeit verbindet, mit dem Abgrund, dem sie durch ihre Krankheit immer näher kommt.

Das beherrschende Weiß, diese absolute Reinheit, kommt ihr wie der verzweifelte Versuch vor, alles fernzuhalten aus diesem Raum, was den unglückseligen Menschen schaden könnte, die hier ihre Nächte verbringen müssen. An einer der sonst durchgängig kahlen Seitenwände nimmt Lara ein einziges kleines Fenster wahr; auf der gegenüberliegenden Seite verbindet eine Glasscheibe ihr Zimmer mit dem Raum, in dem die Schwestern rund um die Uhr vor den Monitoren Wache halten. Davon abgesehen beschränkt sich die Ausstattung auf einen Stuhl und einen Nachttisch.

Lara ist überrascht, ihre Bücher auf dem Nachttisch zu sehen, aber sie ist auch dankbar dafür. Sie braucht irgendeinen Bezugspunkt, etwas in ihrer Nähe, woran sie sich festhalten kann bei all der Ungewissheit. Sie wird die Nacht alleine verbringen müssen, angeschlossen an eine Maschine, die kontinuierlich ihren Herzschlag aufzeichnet, mit einem Schlauch in der Vene, der ihr beständig die Infusion mit dem neuen Medikamentencocktail zuführt, und einem weiteren in der Lunge, der zwischen den Rippen hindurchführt und das sich ansammelnde Wasser absaugt, das ihrem Körper die Sauerstoffaufnahme zunehmend erschwert. Wo sie schon ihre Familie nicht bei sich haben kann, erinnern sie doch zumindest die Bücher daran, dass es ein Leben außerhalb dieser übertrieben keimfreien Umgebung gibt.

Ein Leben, das ich vielleicht nie mehr führen werde, dachte sie.

Sie hat nämlich immer weniger Antrieb, um ihr Leben zu kämpfen. Etwas oberhalb des Bettes, gleich neben ihrer Hand, ist der Knopf, mit dem sie die Schwestern rufen kann; nur weiß sie nicht, ob sie überhaupt genug Energie aufbringen könnte, um ihn im Notfall zu betätigen.

Sie bemerkt, dass man ihr auch das Handy gebracht hat. Sie scheinen tatsächlich zu glauben, dass sie genug Kraft hätte, mit jemandem zu sprechen. *Etwas zu optimistisch*, denkt Lara. Die Finger würden ihr gar nicht gehorchen, wenn sie versuchen würde, eine Nummer zu wählen. Sie hätte allerdings auch keine Lust dazu. Wenn sie das Telefon jetzt einschalten würde, würde sie als Erstes eine Nachricht vorfinden, die sie nicht beantworten will. Und dann wären da bestimmt noch fünf oder sechs weitere Nachrichten derselben Person. Damit kann sie sich jetzt nicht beschäftigen.

Einen Moment lang schließt sie die Augen und versucht, tief Luft zu holen, aber die Rippen wollen sich nicht heben; es ist, als wären sie zusammengeschweißt. So gut es geht, nutzt sie das bisschen Luft, das es in ihre Lunge geschafft hat, um ein wenig ruhiger zu werden.

Dr. Rovira wollte ihr vorhin Mut machen. Doch Lara bemerkte etwas in seinen Augen, das zuvor nicht da gewesen war, auch wenn er sein Bestes gab, es zu verbergen. Er sagte, dass sie vor allem nicht den Mut verlieren dürfe, dass sie sich weiter anstrengen müsse. Dass sie das alles überstehen würde, wenn sie nur nicht aufgäbe. Dass sie nur ein wenig mehr Geduld haben müsse.

Geduld. Geduld hatte sie wirklich nicht mehr viel. Die anderen Male hatte sie Dr. Rovira und seinem Team blind vertraut, aber diesmal hat sie Zweifel.

Nein. Sie ist allein. Sie und die Krankheit und niemand sonst. Niemand, der ihr helfen kann.

»Du kannst wohl nicht schlafen, hm?«

Lara öffnet die Augen. Vor sich sieht sie eine Gestalt, die so strahlend weiß ist, dass sie im Halbdunkel des Raumes fast aus sich selbst heraus zu leuchten scheint. Eine junge Frau mit Kittel.

»Nein«, sagt Lara, nachdem sie die Frau einen Augenblick gemustert hat. Es hat sie Kraft gekostet, das eine Wort auszusprechen; als wären ihr die Lippen eingeschlafen.

»Wie wär's mit ein bisschen Gesellschaft?«

In einem ersten Reflex will Lara ablehnen. Aber irgendwie hat diese Ärztin etwas … Vielleicht ist es das Lächeln, vielleicht ihre fröhlichen Augen oder ihr zugewandter Gesichtsausdruck. Vielleicht ist es auch ihr jugendliches Alter, durch das sie ihr näher zu sein scheint als Dr. Rovira, ihre Ausstrahlung, mitten im Leben zu stehen, die Unbeirrbarkeit eines jungen Menschen, der denkt, die Welt läge ihm zu Füßen. Sie weiß nicht, warum, aber diese Frau gibt ihr ein Gefühl von Sicherheit, als würden sie sich schon lange kennen.

Die Frau deutet ihr Schweigen als Einladung.

Sie nimmt sich den Stuhl und setzt sich neben das Bett.

»Na, dann«, sagt sie mit warmer Stimme, »können wir uns ja ein bisschen unterhalten, bis du eingeschlafen bist. Einverstanden?«

»Geht das? Ich meine, müssen Sie nicht irgendwo anders sein und sich um irgendwas kümmern?«

»Jetzt kümmere ich mich eben um dich. Ist doch auch eine wichtige Aufgabe, oder nicht?«

»Sehr wichtig! Zumindest für mich …« Lara wendet den Blick ab. »Es tut mir sicher gut, wenn jemand da ist. Ich habe eine etwas schwierige Nacht vor mir.«

»Ich weiß.«

»Klar wissen Sie das. Dafür sind ja auch Sie die Ärztin, und ich bin die Patientin. Sie haben doch bestimmt in irgendeinem Bericht gelesen, dass die nächsten Stunden kritisch sind und dass sie nicht wissen, ob ich durchkomme.«

»Das haben sie dir gesagt?«

»Nicht nötig. Ich habe schon so lange mit Ärzten zu tun, dass ich weiß, was sie sagen wollen – selbst wenn sie schweigen. Dazu kommt dann noch irgendein Satz, den man aufschnappt, nicht zu vergessen die besorgten Gesichter meiner Eltern … Und dann natürlich, dass ich mich fühle, als hätte ein Lastwagen mich überfahren. Ich bin am Arsch, so viel ist klar.«

»Hey, du solltest die Dinge nicht so schwarz sehen.«

Lara nimmt alle Kraft zusammen und hebt beide Arme.

»Schauen Sie mich doch an: Ich liege auf der Intensivstation und bin voller Kabel und Schläuche, die in mich rein- und aus mir rausführen. Sieht nicht gut aus, würde ich sagen. Ist ein ziemlich heftiger Anfall. Wenn mein Körper nicht auf die Behandlung anspricht, war's das. Dann kann keiner mehr was machen.«

»Okay, dann liegt es wohl an dir, deinen Teil beizutragen, oder? Und dann sehen wir, ob wir es alle gemeinsam schaffen.«

»Deinen Teil beitragen« – wieder dieser Ausdruck. Dr. Rovira spricht andauernd davon. »Alles wird gut. Du musst nur deinen Teil dazu beitragen, und schon haben wir wieder alles im Griff.«

»Als ob das so einfach wäre …«, sagt Lara leise.

»Nein, einfach wird es wohl nicht. Aber es ist auch nicht unmöglich.«

Lara schüttelt den Kopf.

»Ihr Optimismus gefällt mir.«

»Das trifft sich gut – Optimismus habe ich nämlich jede Menge auf Lager.«

Die beiden müssen grinsen.

»Na ja, vielleicht schaffe ich es ja wirklich ...«, meint Lara und fühlt sich seltsam bestärkt. »Übrigens: Wie heißen Sie eigentlich?«

»Carmen. Sag einfach Carmen zu mir.« Sie sieht Lara fest in die Augen und meint schließlich: »Okay – du bist am Arsch. Das sollten wir akzeptieren.«

»Also, das zu akzeptieren ist einfach!«

»Warte, ich bin noch nicht fertig. Dein Körper gibt sich alle Mühe, mit einem ziemlich heftigen Angriff fertigzuwerden, der noch dazu von innen kommt, von deinen eigenen Zellen. Um dagegen anzugehen, bist du hier am richtigen Ort. Hier bekommst du die bestmögliche Behandlung. Außerdem«, sie zeigt auf die Glasscheibe, »wirst du permanent überwacht. Wenn irgendetwas ist, steht eine Armee von Spezialisten auf der Matte, um dir zu helfen. Dafür ist also schon einmal gesorgt. Was braucht es noch?«

»Keine Ahnung ...« Lara tut so, als würde sie nachdenken. »Dass ein Wunder geschieht?«

»Nein«, sagt Carmen lächelnd. Sie scheint amüsiert über Laras Idee. »Ich meine deinen eigenen Beitrag. Was kannst du selbst tun?«

»Pfff ...«, schnaubt Lara. »Nichts. Das ist ja das Problem.«

»Stimmt nicht. Du selbst spielst auch eine Rolle bei der Sache. Eine sehr wichtige sogar.«

»Ach! Und welche wäre das?«

»Nicht aufzugeben.«

»Aha.«

»Wirklich. Wenn du sagst: ›Basta, das war's‹, dann ist Schluss mit lustig. Dein Zustand ist kritisch, Lara, das hast du selbst gesagt, und du musst mit all deiner Kraft darum kämpfen, da wieder rauszukommen.«

»Und wenn ich keine Kraft mehr habe?«

»Wir finden noch Kräfte in dir, keine Sorge.« Ihre Worte klingen bestimmt, als hätte sie nicht den geringsten Zweifel. »Fangen wir doch mal damit an, ein bisschen positiver zu sein.«

»Klar, positiv. Als würde ich gesund werden, wenn ich an zwitschernde Vögelchen und den Sonnenuntergang denke.«

»Na, siehst du, die ersten positiven Bilder hast du schon gefunden.«

»Äh – welches genau?«

»Na, das mit den Vögelchen und der Sonne. Es gibt so viel Schönes um uns herum. So vieles, das es lohnenswert macht, am Leben zu bleiben, um sein Leben zu kämpfen. Die Erde ist ein so faszinierender Ort – sag bloß, das ist dir noch nicht aufgefallen!«

»Doch, klar.« Lara zieht eine Grimasse. »Voller Müll und Mikroben, die einen krank machen, und mit viel zu vielen Menschen, die keinen Platz auf ihr haben. Fantastisch!«

Carmen hebt die Hand.

»Jetzt konzentrierst du dich aber nur auf die negativen Aspekte.«

»Was bleibt mir denn anderes übrig in meinem Zustand?«

Um ihren Worten mehr Gewicht zu verleihen, hustet Lara. Carmen steht auf und tritt an Laras Bett heran. Sie legt ihr die Hand auf die Stirn.

»Streng dich an. Überleg mal: Was ist die erste schöne Sache, die dir einfällt?«

»Der Pfleger von der Frühschicht. Der ist echt zum Anbeißen.«

Die Antwort ist ihr ohne zu überlegen herausgerutscht. Sie ist selbst überrascht, weil sie nicht gedacht hätte, dass ihr nach Späßen zumute wäre.

Das erste Mal seit Tagen hat sie etwas Witziges gesagt.

»Siehst du, wie positiv du sein kannst, wenn du willst?« Carmen muss lachen. »Jetzt mal im Ernst. Ich meinte, in Bezug auf die Erde. Ein einziges schönes Bild, komm schon.«

Lara beschließt mitzuspielen. Kurz überlegt sie.

»Das Meer.«

»Das Meer. Fantastisch, nicht wahr? Wasser ist ein Wunder. Der Inbegriff von Leben.«

»Von Leben? Aber das Meer besteht doch einfach nur aus Wasser. Du willst mir doch nicht erzählen, dass Wasser lebt, oder?«

»Nicht so richtig, nein. Aber man könnte durchaus sagen, dass Wasser sozusagen Leben in flüssiger Form ist. Zum Beispiel finden sich im Meerwasser Unmengen Bakterien – durchschnittlich etwa hundert Millionen pro Liter.«

Lara verzieht das Gesicht.

»Ihhh! Du hast gerade meine romantische Vorstellung vom Meer zerstört. Also, wenn du versuchst, mir zu erklären, wie schön unser Planet sein soll und wie herrlich das Leben ist, hast du jetzt irgendwie den falschen Fokus gewählt.«

»Nein, ganz im Gegenteil. Überleg mal: Das Meer ist viel mehr als nur eine Landschaftsform. Es lebt! Es ist voller Leben, bis in den tiefsten Winkel hinein.«

»Tja, was soll ich dazu sagen …«, meint Lara wenig überzeugt.

»Das ist aber noch lange nicht alles«, sagt Carmen und achtet nicht weiter auf Laras Kommentar. »Gehen wir mal an Land und nehmen das Süßwasser unter die Lupe. Auch darin kommen unzählige Mikroorganismen vor. Wie viele es tatsächlich im Einzelnen sind, ist allerdings sehr unterschiedlich. Weil sich dort organische Materie ansammeln kann, finden sich in stehenden, ruhigen Gewässern viel mehr solcher Organismen als in schnell fließenden Gewässern, wie zum Beispiel Gebirgsbächen. Und dann sind gemäßigtere Temperaturen für Organismen günstiger als eiskaltes Wasser.

In einer Pfütze, die sich ein paar Tage zuvor auf einer Wiese gebildet hat, finden sich zum Beispiel im Sommer ungleich mehr Bakterien als im Winter. Interessant, oder?«

»Okay, ich geb's zu«, sagt Lara lustlos. »Das hat schon seinen Reiz. Selbst wo nur ein bisschen Wasser ist, ist Leben. Ziemlich abgefahren, geb ich zu. Aber eigentlich erzählst du mir doch einfach nur, dass Wasser nichts anderes als eine große Suppe voller Tierchen ist. Keine besonders poetische Vorstellung, oder?«

»Klar, so kann man es auch sehen. Aber weißt du was? Es gibt noch viel verrücktere Dinge.«

»Da bin ich aber gespannt.«

»Das zum Beispiel: Viren sind im Meer ganz gleichmäßig verteilt. Man findet sie an der Wasseroberfläche genauso wie in Proben aus 5000 Metern Tiefe. Ganz anders die Bakterien: Die sind viel zahlreicher vorhanden in den ersten 300 Metern ab der Wasseroberfläche als in tieferen Regionen. Ist doch erstaunlich, nicht? Und kannst du dir vorstellen, warum das so ist?«

»Warte …« Lara überlegt, das müsste doch eigentlich eine Frage der Logik sein. Dann riskiert sie eine Antwort: »Wegen dem Licht?«

»Ganz genau. Das Sonnenlicht gelangt nicht bis in die tiefer liegenden Schichten, und deshalb nimmt die Konzentration der Bakterien dort erheblich ab. Ohne Licht können Lebewesen, die von der Photosynthese abhängen, nicht existieren, und deshalb gibt es viel weniger organische Materie, die anderen wiederum als Nahrung dient.«

Lara freut sich, richtig getippt zu haben. Unter großer Anstrengung richtet sie sich ein wenig auf. Anfangs hat sie die Unterhaltung als Zeitverschwendung betrachtet, aber Carmen hat es geschafft, sie ein wenig abzulenken. Sie erinnert sich, irgendwo schon einmal etwas Ähnliches gelesen zu haben, wo, fällt ihr nicht mehr ein, aber jetzt wird ihr zum ersten Mal klar, was diese Zusammenhänge überhaupt bedeuten. Und so kommen ihr plötzlich eine ganze Menge Fragen in den Sinn, so als hätte sich eine Schleuse zu irgendeinem abgelegenen Teil ihres Gehirns geöffnet.

»Du sagst also, Viren sind im Meer ganz gleichmäßig verteilt – aber wie machen die das? Wieso sammeln sich nicht an manchen Stellen mehr davon an als an anderen? Und, warte mal, wenn ich jetzt so darüber nachdenke: Was ist mit dem Salz und all den anderen Bestandteilen des Meerwassers? Wie können die sich denn eigentlich alle so gleichmäßig verteilen? Wie läuft das ab – rührt jemand so lange in der Suppe herum, bis sich keine Klümpchen mehr bilden?«

»So ähnlich, ja. Das Wasser der Meere und Ozeane muss wirklich immer wieder umgerührt werden. Wenn es sich nicht immer wieder neu durchmischen würde, würde all das Leben in den Meeren nicht existieren. Und damit meine ich nicht nur die Mikroorganismen: Zum Beispiel könnten viele Tiere nicht in so großen Tiefen leben, weil nicht genug Sauerstoff bis dorthin gelänge. Deshalb ist es ganz wichtig, dass sich der im Meerwasser gelöste Sauerstoff gleichmäßig auf alle Schichten verteilt.«

Lara sinniert ein paar Augenblicke vor sich hin.

»Ich hab's! Der Wind macht das, richtig? Der Wind und die Wellen mischen alles durch.«

»Stimmt, Wind ist einer der entscheidenden Faktoren bei der Durchmischung des Meerwassers. Durch Wind entstehen Wellen, wie du ganz richtig gesagt hast, und zwar entstehen umso größere Wellen, je stärker die Luftbewegung ist, und dadurch wird das Wasser dann bis zu einem gewissen Grad durchmischt. Es gibt aber auch noch andere Faktoren. Die Gezeiten etwa tragen auch ihren

Teil dazu bei: Durch Ebbe und Flut steigt und sinkt der Meeresspiegel, es entstehen Wirbelströmungen an der Küste, und diese Strömungen ziehen das Wasser wiederum ins offene Meer hinaus. Und noch etwas weiß man: Wasser steigt und sinkt aufgrund unterschiedlicher Dichten. Kaltes Wasser ist dichter als warmes, deshalb sinkt es ab in tiefere Schichten. Wenn es sich dort unten dann wieder erwärmt, zum Beispiel an Stellen, an denen tektonische Platten aufeinandertreffen, steigen riesige Wassermassen erneut an die Meeresoberfläche auf.«

Immer weiter lässt Lara sich auf das Spiel ein, das Carmen behutsam angeleiert hat, um sie auf andere Gedanken zu bringen. Und es funktioniert: Einen Moment lang hat Lara ganz vergessen, dass ihr alles wehtut, und sie versucht zu begreifen, was Carmen erzählt.

»Wenn die Temperatur eine so große Rolle spielt«, sagt sie, »dann muss es doch auch Auswirkungen haben, dass das Wasser an den Polen viel kälter ist als, was weiß ich, in den Tropen, oder?«

»Ja, auch dadurch entstehen große, weltweite Bewegungen in den Meeren. Außerdem spielt noch sehr salzhaltiges Wasser eine Rolle, das dichter ist als weniger salzhaltiges Wasser und ebenfalls für Bewegung sorgt. Aus all diesen Gründen vermengt sich das Wasser in den Meeren unentwegt. Es kommt aber noch etwas dazu.«

»Noch etwas?«, unterbricht sie Lara. »Mir kommt das Meer jetzt schon vor wie ein gigantischer Cocktailshaker.«

»Ja, noch etwas. Du hast die Fische und die anderen Meerestiere vergessen.«

»Die Fische? Stimmt – wenn sie schwimmen, hat das vermutlich auch Auswirkungen.«

»Genau. Nur schwimmen nicht alle Meerestiere auf die gleiche Art, und es haben auch nicht alle dieselbe Form. Deshalb durchmischen auch nicht alle das Wasser gleich gut. Manche sind ganz dünn und erzeugen kaum Turbulenzen um sich herum, wenn sie sich bewegen. Tiere, die so spindelförmig, stromlinienförmig gebaut sind, sind richtig schnell, sie gleiten mit erstaunlicher Leichtigkeit durchs Wasser. Eine solche Form haben ziemlich viele Fische, zum Beispiel Thunfische, Sardinen oder Schwertfische und auch Meeressäuger wie Robben, Delfine und Schwertwale, und sie können ein beträchtliches Tempo an den Tag legen. Die bringen also nicht so viel beim Umrühren. Rate mal, welches Tier das Meer am allermeisten in Bewegung versetzt.«

»Hmmm, ich weiß nicht ...« Lara denkt einen Moment nach. »Wir? Ich meine, die Menschen? An den Stränden wirbeln wir doch ganz schön was auf. Und dann unsere Boote, die mit ihren Schiffsschrauben alles aufwühlen ...«

»Das stimmt natürlich auch, aber so groß ist der Einfluss des Menschen auf das Meer gar nicht. Nein: Seit ein paar Jahren weiß man, dass Quallen zu den Tiergruppen gehören, die am wichtigsten sind für die Durchmischung des Meerwassers.«

»Quallen?«

»Das liegt an der Form ihrer Körper. Dadurch, dass sie so gar nicht aerodynamisch sind, wirbeln sie bei der Fortbewegung große Wassermassen auf. Wenn sie sich in gewisser Tiefe aufhalten und dann zurück an die Wasseroberfläche schwimmen, gelangt mit ihnen eine Menge kaltes Wasser nach oben, das dann wieder absinkt, wie ich ja vorher schon meinte.«

»Das ist ja ein Ding«, meint Lara ungläubig. »Beim Baden auf eine Qualle zu stoßen ist ja echt ätzend, aber wenn man sich anschaut, was sie für das Meer tun, sind sie ja tatsächlich zu etwas nutze.«

»Alles auf unserem Planeten ist zu etwas gut! Alle Lebewesen sind miteinander verbunden, sie beeinflussen sich gegenseitig. Das ist Teil des Lebens – und es ist erstaunlich und fantastisch.«

»Na ja, fantastisch …« Lara macht ein angewidertes Gesicht. »Was soll ich sagen – ich halte mich lieber von Quallen fern, wenn es geht. Sie können ja so viel aufwühlen, wie sie wollen, aber bitte in angemessener Entfernung. Angenommen, alle Quallen würden auf einmal verschwinden, dann wäre das doch wohl kein großer Verlust. Es könnte doch bestimmt irgendein anderes Tierchen ihre Arbeit übernehmen.«

»Kann schon sein. Die absoluten Spitzenreiter unter den Meeresaufwühlern sind übrigens bestimmte winzige Organismen, eine riesige Gruppe kleinster Krustentiere, so ähnlich wie Minigarnelen. Sie sind deshalb von so großer Bedeutung im Lebenskonzept, weil sie in gigantischen Mengen vorkommen. Für viele andere Meerestiere, darunter Wale, sind sie das Hauptnahrungsmittel. Und gute Wasseraufwühler sind sie vor allem deshalb, weil es einfach so viele von ihnen gibt, weniger wegen ihrer Form. Siehst du, wie alles zusammenhängt? Von den kleinsten bis zu den größten Lebewesen.«

»Ja, ganz schön verrückt, da hast du recht«, erkennt Lara ohne große Begeisterung an.

»Das Meer ist wirklich etwas ganz Besonderes. Immer schon, über all die Jahrhunderte hin, waren ganz viele Menschen fasziniert vom Meer und haben es bewundert. Die Bewegung des Meeres hat den Menschen immer bewusst gemacht, dass es lebt.«

»So wie man in der Frühzeit glaubte, dass Feuer lebt, weil es sich bewegt, oder? Das habe ich mal in einer Doku gesehen.«

»Ja, genau. Aber versetze dich mal einen Moment in die Menschen von damals hinein. Was hättest du an ihrer Stelle geglaubt? Feuer ist ein Ausdruck von Energie, genau wie ein Sturzbach oder Wellen oder auch laufende, fliegende, schwimmende Tiere. Wenn du nicht weißt, was sich eigentlich dahinter verbirgt, ist es gar nicht so seltsam, Bewegung und Leben miteinander zu verwechseln. Feuer muss für die Menschen damals schon etwas Magisches gehabt haben. Nicht nur, dass es in Bewegung war, es strahlte auch noch Wärme und Licht aus, und wenn die Flammen hoch genug waren, machte es auch noch ein Geräusch. Es sieht wirklich lebendig aus, und dabei ist es doch das genaue Gegenteil: Die hohen Temperaturen zerstören alle lebende Substanz.«

»Das haben sie wahrscheinlich spätestens dann gemerkt, als einer der Höhlenmenschen zum ersten Mal versucht hat, seine Hand ins Feuer zu halten ...«

»Vielleicht auch schon zuvor. Ihre Körper wussten schließlich bereits, wie sie von der zerstörerischen Kraft hoher Temperaturen profitieren konnten. Weißt du eigentlich, warum man Fieber bekommt?«

»Damit man sich elend fühlt und im Bett bleiben muss?«

»Und aus noch einem Grund: Fieber ist eine gute Verteidigungsmaßnahme gegen Mikroorganismen. Die mögen die Hitze nämlich auch nicht, schon ein paar Grad mehr können tödlich für sie sein. Klar, wenn das Fieber stark ansteigt und über einen längeren Zeitraum anhält, kann es auch die eigenen Körperzellen angreifen – so wie alle anderen Zellen auch sind schließlich auch sie empfindlich gegenüber höheren Temperaturen. Deshalb greifen wir auch ein, wenn jemand über mehrere Stunden hinweg hohes Fieber hat.«

Lara fasst sich an die Stirn. Im Moment scheint sie kein Fieber zu haben, aber sicher ist sie nicht. In den letzten Tagen hat ihr das Fieber keine Pause gegönnt, deshalb ging es ihr auch noch schlechter als ohnehin schon. Dabei kämpfte ihr Körper im Prinzip nicht einmal gegen irgendwelche Bakterien. Er kämpfte gegen sich selbst.

»Damit Feuer entsteht«, fährt Carmen fort, und Lara kehrt in die Realität zurück, »müssen drei ›Zutaten‹ zusammenkommen: etwas Brennbares – normalerweise sind das organische Verbindungen wie Kohle, Holz oder Benzin –, Sauerstoff und irgendeine Form von Energie, die den Prozess in Gang setzt, das kann ein Funke sein oder auch einfach sehr hohe Temperaturen. Diese Energie gibt den Impuls für die Verbrennung.«

»Verbrennung, stimmt …«, sagt Lara. »Warte mal, wie war das noch mal genau mit der Verbrennung? Ich glaube, wir hatten das mal in der Schule, aber irgendwie kann ich es gerade nicht zuordnen …«

»Ich erklär's dir. Verbrennung ist eine chemische Reaktion, bei der sich ein brennbares Element mit einem anderen, als Oxidationsmittel bezeichneten Element verbindet. Dabei werden Wärme, Licht, Wasserdampf und ein Oxid freigesetzt.«

»Okay. Ich hab gar nichts kapiert.«

»Doch, hast du schon, das wirst du gleich sehen. Um ein Feuer anzuzünden, also damit etwas verbrennt, braucht man zunächst einmal Brennstoff, also das, was brennt.«

»Logisch.«

»Dann brauchst du ein zweites Element, das sich mit diesem Brennstoff verbindet. Dieses zweite Element nennt man Oxidationsmittel. Normalerweise ist das Sauerstoff: ohne Sauerstoff kein Feuer.«

»Das weiß jedes Grundschulkind. Deshalb muss man auch jeden Luftzug vermeiden, wenn es brennt. Und Brandherde, die man löschen will, deckt man ab. Wie zum Beispiel eine heiße Pfanne mit Öl, die sich entzündet hat. So kann man verhindern, dass weiterhin Sauerstoff zum Feuer gelangt.«

»Stimmt. War doch gar nicht so kompliziert. Das dritte Element einer Verbrennung ist ein Produkt, das dabei erst entsteht, ein Oxid. Das kann Kohlenmonoxid oder Kohlendioxid sein oder eine Kombination aus beiden.«

»Die zwei kenne ich auch«, unterbricht Lara ein bisschen besserwisserisch. »Wegen denen erstickt man bei einem Brand, obwohl man meint, weit genug von den Flammen entfernt zu sein, um sich keine Verbrennungen zu holen.«

»Ganz genau«, sagt Carmen zufrieden.

Lara denkt an das Meer und dann an Feuer. Beide Bilder können so wunderschön sein, beide können so lebendig erscheinen, und dabei stellen sie doch zwei Seiten derselben Medaille dar. Zwei Extreme des Lebens: das eine ein so ansprechendes Medium, das eine immense Vielfalt von Lebewesen in sich birgt, das andere der Inbegriff von zerstörerischer Energie.

»Komisch, dass uns etwas lebendig vorkommt, das dem Tod in Wirklichkeit viel näher ist«, sagt sie schließlich und richtet den Blick zur Zimmerdecke.

»Stimmt. Die Temperatur von Feuer liegt nie unter 400 Grad Celsius, und lebende Materie verbrennt schon bei weit niedrigeren Temperaturen. Feuer ist Energie, darin ähnelt es dem Leben, aber es bedeutet auch Tod. Für gewöhnlich liegen beide eng beieinander.«

»Ich glaube, ich möchte lieber bei dem Meeresbeispiel bleiben, das ist weniger … gefährlich.«

Sie traut sich nicht zu sagen, dass sie gerade an nichts weniger denken will als an ein lebendig scheinendes Bild, das im Begriff ist, sich selbst zu zerstören.

II

Ein kurzer Pfeifton ist zu hören und ein Brummen. Carmen sieht zum Nachttisch, Lara rührt sich nicht.

»Willst du nicht nachsehen?«, fragt Carmen, als Lara weiterhin so tut, als hätte sie nichts gehört.

»Was denn nachsehen?« Immer noch lässt Lara sich nichts anmerken.

»Dein Handy. Du hast eine Nachricht bekommen.«

Lara wirft einen flüchtigen Blick auf das Handy. Ihr Gesichtsausdruck zeugt von absolutem Desinteresse.

»Ist sicher nichts Wichtiges.«

»Aber wie willst du wissen, ob ...?«

»Es ist nichts Wichtiges«, schneidet Lara ihr das Wort ab.

Carmen nickt und spart sich jeden weiteren Kommentar. Aus den Augenwinkeln schielt Lara zu ihrem Handy hinüber, das auf dem Bücher- und Zeitschriftenstapel liegt. Sie weiß ganz genau, wer ihr die Nachricht geschrieben hat, und sie hat nicht die geringste Lust, sie zu lesen. Sie hebt das Kinn an und bewegt den Kopf von einer Seite zur anderen. Ihr Nacken schmerzt.

Ohne dass Lara sie darum bitten muss, kommt Carmen an ihr Bett und rückt das Kissen zurecht. Lara sieht sie an. Aus der Nähe betrachtet, kommt ihr Carmens Gesicht bekannt vor. Sie hat sie wohl doch schon einmal irgendwo im Krankenhaus gesehen.

»Danke.«

»Keine Ursache. Wenn du noch irgendetwas brauchst, sag Bescheid.«

»Ich meine nicht nur wegen des Kissens«, sagt Lara. »Auch weil du mir Gesellschaft leistest. Weil du mich ablenkst.«

»Oh, das macht mir gar nichts aus, ganz im Gegenteil. Ich rede gerne über solche Dinge.«

»Ha! Und ich wette, du hast selten ein so wehrloses Opfer wie mich an der Angel, das vor deinen Tiraden über Feuer, Wasser und all die Mikroben in der Welt nicht davonlaufen kann!«

Carmen stemmt die Hände in die Hüften und spielt die Empörte.

»Also, hör mal, meine Liebe! Du warst ja wohl die Erste, die sich durch meine ›Tiraden‹ hat aufmuntern lassen.«

»Pah«, sagt Lara und unterdrückt ein Lachen. »Ich bin eben eine gute Schauspielerin.«

Carmen grinst.

»Nein, ernsthaft: Wenn du müde bist und versuchen willst, ein bisschen zu schlafen, dann gib mir ein Zeichen und ich bin weg. Okay?«

»Nein, nein«, sagt Lara schnell. »Bitte nicht gehen. Es tut mir gut, jemanden bei mir zu haben. Ich fühle mich gerade ziemlich allein.«

»Das musst du aber nicht. Deine Familie ist doch bei dir, auch wenn sie momentan nicht körperlich anwesend ist. Und dann gibt es bestimmt eine Menge Freunde, die sich um dich sorgen.«

Ein Anflug von Traurigkeit huscht über Laras Gesicht.

»Freunde …«

»Sie fehlen dir, oder?«

»Das ist es nicht …« Lara zögert einen Moment, als wüsste sie nicht, wie sie es ausdrücken soll. »Es ist nur so, dass … ich konnte mich in letzter Zeit nicht viel um meine Freunde kümmern.«

»Was meinst du damit?«

Lara hat das Gefühl, dass Carmen ihr die Worte aus der Nase ziehen will, und in solchen Momenten hat sie erst recht keine Lust, über etwas zu sprechen. Sie versucht, sich diskret aus der Affäre zu ziehen.

»Ach nichts, ich war eben ziemlich beschäftigt. Schule, Hausaufgaben, solche Sachen …«

»Und die Krankheit«, ergänzt Carmen und sieht sie mit festem Blick an.

Lara weicht ihr aus. Ihr Blick fällt auf das Wasserglas auf dem Nachttisch. Nach allem, was Carmen erzählt hat, betrachtet sie es jetzt mit ganz anderen Augen. Als ein Mini-Ökosystem hinter Glas, als isolierten Ausschnitt des größten Bioreservates der Erde. Lieber will sie daran denken als an ihre Freunde.

Als könnte sie Gedanken lesen, nimmt Carmen das Glas vom Nachttisch und hebt es hoch, bis es sich auf Laras Augenhöhe befindet.

»Was Wasser ist, weißt du ja, das weiß jeder. Wasser findet sich im Meer, in Flüssen, Seen und in gespeicherter Form in Stauseen. Es fällt vom Himmel, in flüssiger Form, wenn es regnet, und in fester Form, wenn es schneit oder hagelt. Es kann ganz unterschiedliche Formen annehmen, und gleichzeitig hat es auch gar keine Form. Und wir haben täglich mit Wasser zu tun: beim Waschen, beim Kochen ... Aber seine eigentliche Bedeutung geht weit über all das hinaus, auch darüber, dass es so vielen Organismen die ideale Umgebung bietet. Ohne Wasser gäbe es schlicht und ergreifend kein Leben.«

»Mhm ...«, meint Lara und ist froh, dass Carmen zum Thema zurückgekehrt ist. »Wir bestehen ja selbst auch zu soundso viel Prozent aus Wasser, das meinst du, oder?«

»Alle Lebewesen bestehen zu einem mehr oder weniger großen Anteil aus Wasser. Alle Zellen aller Organismen enthalten Wasser. Ohne Wasser könnten viele lebenswichtige chemische Prozesse gar nicht ablaufen. Wasser ist einer der größten Schätze, die wir haben, einer der Schätze unseres Planeten, auf die wir richtig gut achtgeben müssen. Wenn Wasser nicht so unverzichtbar wäre – warum sollten wir es dann täglich trinken?«

»Ich krieg langsam Durst ...«, sagt Lara und starrt auf das Glas in Carmens Hand.

»Hör zu«, unterbricht sie Carmen, »hör mir zu und dann behaupte noch mal, dass Wasser nicht einzigartig ist, dass es kein Beispiel für die Großartigkeit der Natur ist. Du weißt bestimmt, dass jedes Wassermolekül aus nichts weiter als einem Sauerstoffatom und zwei Wasserstoffatomen besteht. Einfacher geht's nicht – und doch hat es ganz besondere Eigenschaften. Weil Wasser ja bei Temperaturen unter null Grad gefriert, sieht man es auch in festem Aggregatzustand. Bei Temperaturen zwischen null und hundert Grad ist es flüssig. Und ab hundert Grad fängt Wasser an zu kochen und scheint sich aufzulösen. De facto wird es zu Wasserdampf.«

»Na ja, das ist doch nichts Besonderes«, grummelt Lara. »Alles, was warm wird, schmilzt, das weiß doch jedes Kind. Sogar Eisen schmilzt: Bei Raumtemperatur ist es fest, aber wenn man es sehr stark erhitzt, schmilzt es irgendwann und wird flüssig. Und wenn man es dann noch mehr erhitzt, kann es sogar auch verdampfen. Außerdem verliert es an Dichte, je mehr man es erhitzt. Je kälter es ist, desto dichter ist es auch. Da ist kein großes Geheimnis dahinter.«

»Und genau das ist bei Wasser anders. Wasser hat bei vier Grad seine größte Dichte.«

»Ui!« Lara verdreht die Augen. »Jetzt bin ich aber gespannt, was daran so interessant sein soll.«

»Warte ab. Ich sag dir, was das bedeutet, und dann sagst du mir, was du davon hältst. Wenn Wasser also auf weniger als vier Grad heruntergekühlt wird, verliert es an Dichte. Bei null Grad verändert sich also zwar sein Aggregatzustand von flüssig zu fest, aber es wird nicht dichter dabei. Ist dir klar, was das bedeutet? Dass Wasser nämlich in festem Zustand weniger dicht ist als in flüssigem.«

»Ah, jetzt weiß ich, worauf du hinauswillst: Eis oder von mir aus Wasser in festem Aggregatzustand schwimmt auf Wasser in flüssigem Aggregatzustand. Hätte Eis eine größere Dichte als flüssiges Wasser, würde es untergehen.«

»Und findest du das nicht erstaunlich?«

»Was? Die Tatsache, dass die Eiswürfel in meiner Cola nicht schnurstracks auf den Boden sinken? Tja, also …«

Carmen stellt das Glas wieder auf den Nachttisch und ignoriert Laras Sarkasmus.

»Genau wegen dieser Besonderheit bleibt das Wasser unter einer Eisschicht, die sich zum Beispiel im Winter auf einem See bildet, flüssig, und dadurch können die Lebewesen darin auch im Winter überleben. Das ist ein echter Glücksfall!«

»Für die, die im See leben, schon, klar.«

»Für das Leben allgemein. Leben hängt ganz stark von Temperaturen ab. Die Wassertemperatur in Flüssen und Meeren ist niedriger als die Körpertemperatur vieler Tiere. Genau wie auch Schnee, das Eis der Gletscher, die Eisberge, die an den Polen im Meer treiben, die riesigen Eismassen der Antarktis und des Festlands um den Nordpol, wo sogar das Meerwasser gefriert … Oder denk an den Schnee und das ewige Eis auf den Gipfeln im Hochgebirge – überall dort können wir trotz allem Lebewesen finden.«

Lara versteht allmählich, worauf Carmen hinauswill. Wasser ermöglicht nicht nur, dass es Leben auf der Erde gibt – es verleiht ihm auch bestimmte Formen und stattet es mit ganz unterschiedlichen Merkmalen aus. Ein Molekül aus drei unsichtbaren Mini-Atomen, von der banalsten Sorte noch dazu, und daneben die gigantische Vielfalt, die es hervorbringt. Aber so schnell will sie nicht zugeben, dass Carmen recht hat. Lieber lässt sie sie noch ein bisschen zappeln.

Währenddessen fährt Carmen mit ihren Ausführungen fort und legt dabei das größtmögliche Maß an Begeisterung in ihre Worte.

»Sehen wir uns das andere Extrem an. In Gebieten, in denen das Wasser durch die Nähe zum unterirdischen Magma stark erwärmt wird, kann man auf Thermalquellen stoßen, deren Temperatur über 36 Grad liegt, die also wärmer sind als der menschliche Körper. Und dann gibt es ja auch Geysire, das sind heiße Springquellen, die aus dem Boden schießen. Auch wenn es sich unwahrscheinlich anhört – es gibt tatsächlich Organismen, die unter derart extremen Bedingungen leben können, selbst bei so irre hohen Temperaturen.«

»Echt?«, fragt Lara ungläubig.

»Ja, klar! In welchem Aggregatzustand auch immer – wo Wasser ist, gibt es auch Leben. Daran siehst du, wie besonders Wasser ist.«

»Und wenn es gasförmig ist?«, fragt Lara, die Carmen auch mal unvorbereitet erwischen will. »Wolken sind doch Wasser in Gasform, oder? Darin kann aber nun wirklich nichts Lebendiges existieren!«

»Es gibt zwar Wasserdampf in den Wolken, da hast du schon recht, aber Wasser kommt auch in anderer Form darin vor, als winzige Tröpfchen oder als Eiskristalle. Wolken sind eigentlich flüssiges Wasser, das in der Luft hängt. Deshalb kann man auch sehen, welche Form sie gerade haben.«

»Flüssig? Warte mal – bist du dir sicher mit dem, was du gerade gesagt hast?«

»Ja. Wasser in gasförmigem Aggregatzustand kann man nicht sehen. Wenn man manchmal meint, Wasserdampf zu sehen, zum Beispiel über einem Topf mit kochendem Wasser, dann sieht man in Wirklichkeit flüssiges Wasser, das durch den Dampf mit aufsteigt, winzige Tröpfchen, die gerade so sehr miteinander verbunden sind, dass sie aufsteigen können. Genauso ist es bei Wolken. Wenn flüssiges Wasser zu Dampf geworden ist, ist es komplett unsichtbar für unsere Augen. Aber um auf deine Frage zurückzukommen: In Wolken gibt es durchaus Leben ...«

»Jetzt mach aber mal einen Punkt!« Lara hebt die Hand. »Das glaube ich jetzt echt nicht mehr, tut mir leid.«

»Es stimmt aber. Vor Kurzem hat man herausgefunden, dass in Wolken ganz viele Bakterien und Sporen existieren, das sind die Fortpflanzungszellen von Pilzen und manchen Pflanzen. Diese Lebensformen hängen sich an Staubkörner oder Wassertröpfchen. Genau wie das Meer oder ein See sind Wolken zwar nicht selbst lebendig, aber dafür tragen sie eine Menge Leben in sich. Ein Drittel all ihrer Bestandteile, um die der Wasserdampf kondensiert und dadurch einen Tropfen oder einen Eiskristall bildet, sind genau solche mikroskopisch kleinen Lebensformen.«

»Das hätte ich mir denken können!«, sagt Lara und zieht an der Decke, als wollte sie sich vor etwas schützen. »Diese verdammten Mikroben sind einfach überall! Wie eklig! Es reicht dir wohl nicht, dass du schon meine romantische Vorstellung vom Meer zerstört hast. Jetzt werde ich auch noch jedes Mal, wenn ich eine Wolke sehe, denken, dass ich einen fliegenden Mülleimer voller Krabbelzeug vor der Nase habe.«

Lara wendet den Blick zum Fenster, als hielte sie nach einer solchen mit Leben beladenen Wolke Ausschau, aber draußen ist es dunkel. Sie sieht einen Ausschnitt des dunklen Himmels, der sich von den Umrissen der Gebäude um das Krankenhaus abhebt. In fast allen Häusern brennt kein Licht mehr. Alle Welt schläft. Einen Augenblick lang fühlt sich Lara einsam. Aber dann fällt ihr wieder ein, dass ja Carmen bei ihr ist. Ein kleiner Trost – wenn nicht alles insgesamt so unerträglich wäre.

Sie weiß nicht, wie lange Carmen noch bleiben kann. Sie traut sich auch nicht zu fragen, vor Angst, dass das Gespräch dann plötzlich zu Ende ist. Vor Angst, dass sie sich dann wieder mit der Ungewissheit darüber auseinandersetzen muss, was in dieser Nacht geschehen wird. Vor Angst, die einzige Zuschauerin sein zu müssen, wenn ihr Körper zusammenbricht.

Bestimmt hat Carmen viel zu tun, bestimmt gibt es noch viele andere Patienten, denen sie einen Besuch abstatten muss. Umso mehr weiß Lara die Zeit zu schätzen, die sie ihr widmet. Außerdem fühlt sie sich wohl bei ihrem gemeinsamen Gespräch über die Besonderheiten der Natur, auch wenn sie einiges bereits weiß und das Gefühl hat, vieles schon einmal irgendwo gehört zu haben. Es gefällt ihr.

Carmen hat scheinbar ein paar ähnliche Interessen wie sie, und genau das braucht sie jetzt: jemanden, dem sie sich nahe fühlt. Eine Unbekannte, jemanden, der nichts erwartet, der nichts im Gegenzug einfordert. Ein Moment der Begleitung, frei, ohne irgendwelche Verpflichtungen. Ohne Erklärungen abgeben oder sich rechtfertigen zu müssen, wenn mal wieder alles schiefläuft. Eine neutrale Person, der gegenüber sie nicht versagen kann, die nicht enttäuscht sein kann, weil sie mit einem Mädchen wie Lara Zeit verbringt, einem Mädchen, das … anders ist als die anderen. Einem Mädchen, das keine Pläne schmieden kann, weil es nicht weiß, ob es sie überhaupt verwirklichen kann. Einem Mädchen, das von Tag zu Tag lebt, während ihre Freunde an die Zukunft denken.

Warum sollte jemand mit ihr befreundet sein wollen? Aus Mitleid, klar. Einen anderen Grund gibt es nicht. Und genau das erträgt Lara nicht. Lieber allein sein als das Mitgefühl in den Augen ihrer Freunde sehen, wenn sie sie fragen, wie es ihr heute geht, als würden sie mit einem Tier im Zoo kommunizieren, das auf der anderen

Seite der Glasscheibe eingesperrt lebt und sich nicht frei bewegen kann. Da erträgt sie lieber den Spott der Blödmänner in der Klasse als die gut gemeinte Sanftheit der anderen, die sich um sie kümmern.

Wenn sie schon nicht normal sein kann, braucht sie auch keine Freunde. Da ist sie besser allein.

Sie kann nichts dagegen tun, dass ihr Blick wieder in Richtung Handy abdriftet. Das grüne Licht, das den Eingang einer Nachricht anzeigt, blinkt immer noch.

ZWEI

I

Immer noch sind Laras Gedanken düster, obwohl sie sich jetzt schon eine ganze Weile mit Carmen unterhält. Es könnte ihre letzte Nacht sein. Das ist alles, woran sie im Moment denken kann. Und vielleicht wäre es ja auch besser so.

Möchte sie wirklich so ihre letzten Stunden verbringen – mit einer Ärztin über das Erstbeste plaudernd, was dieser gerade so einfällt? Die Alternative ist schlimmer: wieder allein sein mit der Krankheit. Lieber lässt sie sich ablenken, als sich mit der Realität auseinanderzusetzen. Ein bisschen noch. So lange wie möglich.

Ihr ist schon klar, was Carmens Plan ist. So naiv ist sie nicht. Deshalb haben sie sie wohl auch zu ihr geschickt: Sie soll ein bisschen Unterhaltung bieten, damit Lara nicht zu sehr ins Grübeln gerät. Und sie gibt sich alle Mühe, das muss man ihr lassen. Die Sache mit dem Wasser war echt interessant. Aber auch wenn ihr Gespräch eine Weile Spaß gemacht hat – letztendlich bringt es doch nichts. Klar wartet das Leben mit ein paar spannenden Details auf, nur ist sie gerade wirklich nicht in der Stimmung, sich damit zu befassen.

Lara befindet sich im Kriegszustand mit dem Leben. Die beiden hassen sich. Das Leben, der alte Verräter, hat sich den Spaß erlaubt, ihr schlechte Karten auszuteilen. Ein richtig mieses Blatt. Das Einzige, was sie jetzt noch will, ist, dass die Partie zu Ende ist, ein für alle Mal. Wer auch immer dabei gewinnt.

Während Lara ihren Gedanken nachhängt, setzt sich Carmen auf die Bettkante und sieht Lara wohlwollend an. Sie nimmt das Gespräch da wieder auf, wo sie es eben unterbrochen haben.

»Du irrst dich, Lara. Du darfst dir Mikroben nicht vorstellen, als wären sie die Bösen im Film, den Fehler machen viele. Dabei ist das Gegenteil der Fall: Die meisten Mikroben verursachen keine Krankheiten, sondern können sogar nützlich sein. Es gibt überall Millionen von Bakterien, angefangen vom Wasser, das du trinkst, bis zu den Wolken über dir. Bei jedem Atemzug, den du machst, strömen Tausende Bakterien und Viren in deine Lunge. Jedes Mal, wenn du von einem Sandwich abbeißt, schluckst du jede Menge Mikroorganismen. Bei jeder Berührung von Dingen oder Menschen schnappst du haufenweise neue Bakterien auf. Rein rechnerisch befinden sich pro Zelle zehn Bakterien in deinem Körper ...«

Lara reißt die Augen auf.

»Nee! Das ist doch jetzt nicht dein Ernst!«

»Doch, ich denk mir das nicht aus. Schau mal.« Carmen zieht ein Buch aus dem Stapel auf dem Nachttisch und blättert es zügig durch, als kenne sie es in- und auswendig, bis sie findet, was sie sucht. »Hier im Naturkundebuch hast du es schwarz auf weiß: zehn Bakterien pro menschlicher Zelle.«

Laras Blick fällt auf das haarige Monster neben dem Text, das dort flüchtig mit blauem Kugelschreiber hingekritzelt wurde. Sie kann es einfach nicht lassen. All ihre Bücher sind voll mit solchen Krakeleien: kleine Skizzen, Karikaturen, verschlungene Ornamente, lustige oder finstere Gestalten, je nach Gemützustand. Das passiert ganz automatisch, sie merkt es gar nicht richtig. Auf die Art offenbart ihr Unterbewusstsein, was gerade in ihr vorgeht.

Sie hat schon immer gerne gezeichnet. Ihr Blick richtet sich auf das Zeichenheft unter dem Bücherstapel mit dem gespitzten Bleistift darauf. Nie geht sie irgendwo hin, ohne ein Zeichenheft bei sich zu haben, für alle Fälle. Dieses hier hat sie erst vor Kurzem begonnen, und jetzt ist es beinahe schon voll mit allen möglichen Bildern, die sie während der Tage hier im Krankenhaus in sich aufgenommen hat, und auch mit manchen, die nur in ihrem Kopf existieren. Die Zeichnungen in ihrem Heft sind besser ausgearbeitet als die heimlich in der Schule angefertigten Skizzen, aber sie sind genauso spontan entstanden, aus dem Augenblick heraus.

Gerade jetzt verspürt sie das Bedürfnis, den Bleistift in die Hand zu nehmen und Carmens Augen auf Papier festzuhalten. Sie sind lebhaft und schnell, solche Augen hat sie noch nicht oft gesehen. Wie zwei Leuchttürme, die ihr einen Anhaltspunkt bieten, an dem sie sich orientieren kann. Das Gefühl von Wohlbefinden einzufangen, das sie ausstrahlen, wäre eine ganz schöne Herausforderung. Schnell verwirft sie die Idee wieder; mit so steifen Fingern würde sie wohl kaum ein einigermaßen annehmbares Ergebnis hinbekommen.

»Überall auf deinem Körper sind Bakterien«, fährt Carmen fort, »auf der Haut, in den Atemwegen und im Verdauungstrakt. Im Mund zum Beispiel kommen Dutzende unterschiedliche Bakterienarten vor. Im Bauchnabel auch. Und in den Ohren und der Nase ... Dein ganzer Körper ist von einer regelrechten Bakterienschicht überzogen, wie von einem Kleidungsstück.«

»Dann rubble ich mich unter der Dusche wohl nicht fest genug ab«, meint Lara und zieht eine Grimasse.

»Nein, nein!« Carmen muss lachen. »Da kannst du rubbeln, so viel du willst – die bekommst du nicht weg. Brauchst du auch nicht: Du lebst ja ganz harmonisch mit ihnen zusammen. Das ist noch so eine großartige Sache des Lebens: Die Bakterien und du, ihr teilt euch die Erde, und ihr teilt euch auch deinen Körper. Umgekehrt könnten nämlich sie auch nicht ohne dich existieren. Diese Bakterien schützen dich vor den Infektionen, für die ihre ›bösen Brüder‹ verantwortlich sind – die machen aber nicht mal ein Prozent aller Bakterien aus. Die Bakterien im Verdauungstrakt ermöglichen die Verdauung bestimmter Moleküle, die in manchen Lebensmitteln enthalten sind und nicht ausreichend zersetzt werden können. Im Gegenzug ernähren sie sich von dem, was du isst. Dann gibt es welche, die Vitamine produzieren, die du wiederum brauchst. Und dein Immunsystem hält die ganzen Bakterien in Schach, mit denen du in permanentem Kontakt bist. Krank wirst du erst, wenn dieses Gleichgewicht gestört wird.«

Ihr Immunsystem. Plötzlich wird Lara unglaublich wütend. Genau wegen so einer Störung verbringt sie gerade eine schlaflose Nacht auf der Intensivstation, fühlt sich elend und weiß nicht, ob sie diese Nacht überhaupt überleben wird, statt gemütlich zu Hause in ihrem Zimmer zu sein, zu schlafen oder an Sachen zu denken, die 14-jährige Mädchen eben so beschäftigen: wie es mit den Freundinnen läuft und den Jungs, ob sie die Prüfungen gut hinbekommen wird.

Sie kann nicht anders, als all die schlechte Laune, die sich in ihr angestaut hat, rauszulassen.

»Das Leben mag ja so großartig sein, wie du sagst; aber es ist einfach zu zerbrechlich. Es hängt von so blöden Gleichgewichten ab, das ist doch nichts als Glücksache. Oder besser gesagt: Pechsache. Krankheiten sind was Absurdes.« Sie merkt, wie ihre Stimme zu kippen droht, und bemüht sich, nicht die Kontrolle zu verlieren. »Das mit den Mikroben ist für mich ein ziemlich kümmerlicher Pakt: Dass sie uns nicht umbringen und wir sie nicht, ist doch purer Egoismus – täten wir es, wären wir schließlich alle am Arsch.«

»Klar, so kann man es auch sehen. Für dich ist es ›Erpressung‹; aber dass die Tiere im Laufe der Evolution einen Pakt mit den Mikroorganismen geschlossen haben, ist trotzdem eine der unzähligen Faszinationen des Lebens, oder nicht?«

»Kann schon sein ...«

»Also komm, du musst schon zugeben, dass das Verhältnis zwischen komplexeren Lebewesen, die aus mehr als einer Zelle bestehen, und Bakterien, unabhängigen Einzelzellen, ganz schön speziell ist. Hört sich doch an wie der Plot eines Abenteuerromans:

Eine Kampfszene zwischen einem Säugetier und den Bakterien in ihm und um ihn herum jagt die nächste, da geht es manchmal um Leben und Tod, und dazwischen hast du Zeiten absolut friedlichen Zusammenlebens – das sind die Phasen, in denen ein Organismus gesund ist. Und die Kämpfe sind die Phasen, in denen der Organismus krank ist. Tag für Tag kämpfen wir gegen kleinste Infektionen, damit sie sich nicht zu größeren Infektionen auswachsen und eines unserer Organe bedrohen oder sogar den ganzen Körper.«

»Du meinst also, das Leben, wie wir es kennen, ist in Wirklichkeit ein Abkommen zwischen Zellverbänden und unabhängigen Mikroben? Finde ich übertrieben.«

»Warum? Man könnte die Erde genauso gut als Lebensraum ansehen, der eigentlich von Mikroorganismen beherrscht wird. Der Mensch hat sich irgendwann einen Platz darin gesucht und mit seinen eigentlichen Feinden einen Pakt geschlossen, durch den er mietfrei darin leben darf.«

Lara muss an die Geschichten denken, die sie über die großen Plagen gehört hat, wie die Pest, die Europa im Mittelalter verwüstet hat, oder die Grippewelle von 1918 – gigantische Massaker, begangen von mikroskopisch kleinen, unbesiegbaren Soldaten, unbesiegbar zumindest mit den Waffen von damals. Oder Krankheiten wie Malaria, die sogar heute noch in manchen Regionen Tausende Menschen dahinraffen. Von Aids ganz zu schweigen oder anderen neuartigen Viren, die manchmal einfach so entstehen und zahllose Menschen das Leben kosten, ohne dass man irgendetwas dagegen tun könnte.

Ist irgendwie schon wahr, manchmal sieht es wirklich so aus, als würden die Menschen nur überleben, weil die Mikroben es zulassen, denkt sie. Der Gedanke stimmt sie plötzlich milder.

»Bakterien sind die kleinsten uns bekannten Lebewesen«, sagt

Carmen. »Für das Leben auf der Erde sind sie aber genauso wichtig wie wir, wenn nicht sogar wichtiger. Deshalb sollten wir auch gehörigen Respekt vor ihnen haben.«

»Wie? Hast du nicht gesagt, dass Viren die kleinsten Lebewesen sind?«

»Nicht wirklich. Die Diskussion darüber gibt es schon so lange, das kannst du dir nicht vorstellen. Um die Sache besser zu verstehen, sollten wir erst einmal klären, was das Leben eigentlich ist.«

»Ein Scheiß ist es.«

»Ach komm, mal ehrlich. Hast du dich das noch nie gefragt?«

Lara knurrt.

»Mhm ... doch, klar«, gibt sie zähneknirschend zu. »Oft sogar.«

»Und? Zu welchem Schluss bist du gekommen?«

»Ich habe es nie verstanden.«

»Vielleicht solltest du Schritt für Schritt vorgehen. Was ist denn ausschlaggebend dafür, dass etwas lebt?«

»Ich weiß nicht. Dass es sich ernährt, sich fortpflanzt und mit anderen Artgenossen zusammen ist?«

»Keine schlechte Definition. Bakterien sind viel einfachere Organismen als unsere Zellen und viel, viel kleiner, und trotzdem tun sie exakt dasselbe wie sie, nämlich genau die Dinge, die du gerade aufgezählt hast. Damit du eine genauere Vorstellung hast: Ein Bakterium ist ungefähr zehn- bis hundertmal kleiner als eine unserer Körperzellen; von ein paar besonders großen Exemplaren einmal abgesehen. Die meisten Bakterien ernähren sich von ihrer Umgebung. Manche pflanzen sich mit irrer Geschwindigkeit fort, alle zwanzig Minuten, bei den meisten geht das aber langsamer vor sich. Für die Fortpflanzung teilen sie sich in der Mitte, jedes Bakterium generiert also zwei >Tochter-Bakterien<, die alles haben, was sie zum Leben und wiederum für die Fortpflanzung brauchen. Genau dasselbe, was unsere Zellen auch machen, nur auf einfachere Art. Dass Bakterien leben, lässt sich also schlecht leugnen.«

»Stimmt – fehlt nur noch, dass sie mit ihren Kumpels was trinken gehen, ansonsten machen sie wohl echt alles«, meint Lara ironisch.

»Sie stehen auch miteinander in Beziehung, nur eben auf ihre Art. Sie nehmen Informationen von außen auf, interpretieren sie und – ob du's glaubst oder nicht – kommunizieren miteinander. Genau wie du, wenn du mit deinen Freundinnen telefonierst«, sagt sie und deutet auf das Handy. Lara zeigt keine Reaktion. »Im Meer zum Beispiel gibt es Bakterien, die leuchten können, aber das machen sie nur, wenn viele von ihnen zusammenkommen. Wenn genügend Exemplare ihrer Art an einem bestimmten Ort versammelt sind, fangen alle gleichzeitig an zu leuchten. Nur: Wie können sie eigentlich wissen, dass schon genügend von ihnen da sind?«

»Irgendwie werden sie sich wohl verständigen.«

»Genau. Und zwar über chemische Substanzen, die sie selbst produzieren. Fachleute nennen das ›Quorum sensing‹: Die Bakterien nehmen wahr, dass sie eine genügend große Dichte erreicht haben, um irgendetwas in Gang setzen zu können. Und das machen sie nicht nur, um zu leuchten. Manche können auch Krankheiten auslösen: Sie tun sich zusammen und wirken dadurch viel heftiger.«

»Okay, okay, ich glaub's dir ja. Bakterien sind genauso lebendig wie wir, und vielleicht sind sie auch noch super miteinander befreundet, alles klar. Aber was ist jetzt mit den Viren? Sind die auch lebendig oder nicht?«

»Ach ja, Viren. Wie ich vorhin schon sagte: Man ist sich noch nicht einig darüber, ob sie überhaupt Lebewesen sind oder nicht.

Häufig spricht man von ›Grenzformen des Lebens‹. Ein Virus ist ja noch hundertmal kleiner als ein Bakterium.«

»Oh Mann, wie jämmerlich.«

»Ja, aber trotzdem pflanzen sie sich fort. Sie produzieren massenhaft Kopien ihrer selbst. Einen wesentlichen Unterschied gibt es allerdings: Unsere Zellen und ebenso Bakterien ernähren sich und pflanzen sich fort, ohne auf fremde Hilfe angewiesen zu sein. Viren können das nicht. Kein einziges Virus kann sich ohne fremde Hilfe multiplizieren, dafür sind seine Strukturen zu einfach. Viren bestehen eigentlich nur aus genetischem Material und einer Schutzhülle außenrum, mehr ist da nicht.«

Lara nickt.

»Nein, das würde ich auch nicht Leben nennen.«

»Trotzdem sind sie faszinierend, auch wenn sie nichts als reine Reproduktionsmaschinen sind.«

»Also, wenn ich erkältet bin, finde ich Viren ja weniger faszinierend … Aber warte mal, gehen wir mal einen Schritt zurück: Wie reproduzieren sie sich denn, wenn du sagst, dass sie gar nicht das nötige Werkzeug dazu haben?«

»Sie infizieren eine Zelle. Sie dringen in die Zelle ein und ›beschlagnahmen‹ deren Apparate, damit die Zelle fortan für die Viren arbeitet.«

»Das sind ja richtige Zombies!«

»Also die Metapher hätte ich nicht gerade gewählt«, meint Carmen, »aber stimmt schon. Der Ablauf ist ganz einfach: Das Virus zwingt die infizierte Zelle, sein genetisches Material zu kopieren und weitere Virus-Hüllen zu produzieren. Die auf diese Art neu entstandenen Viren verbinden sich und treten wieder aus der Zelle aus. Außerhalb der Zelle sind sie dann zu keiner eigenständigen Aktion mehr in der Lage – sie müssen erst eine weitere Zelle infizieren, und das Spiel beginnt von vorn. Es gibt auch Viren, die sich in der infizierten Zelle verstecken und ihr genetisches Material in dem des Wirtes ablegen – und irgendwann später, manchmal sogar viel später, beginnen sie dann durch irgendeinen Auslöser mit der eigenen Reproduktion.«

»Kaum zu glauben, dass ein so simples, kleines Ding so ein Mistkerl sein kann und zu solchen Gemeinheiten in der Lage ist.«

»Ja, nicht wahr? Aber eben gerade, weil sie Grenzformen des Lebens sind und trotzdem wie Lebewesen agieren, sind sie so einzigartig. Nur Atome und Moleküle sind noch einfacher gebaut als Viren, und von denen kann man nun wirklich nicht behaupten, dass sie leben – auch wenn alle Lebewesen aus ihnen bestehen.«

»Vergiss die subatomaren Teilchen nicht, Quarks und das ganze Zeug«, sagt Lara und tut dabei so, als verstünde sie etwas von Physik.

»Einverstanden: Quarks, Atome und Moleküle. Jetzt bewegen wir uns aber schon auf den komplexeren Ebenen des Lebens: angefangen bei den Bestandteilen einer einzigen Zelle, dann die Zellen selbst, die sich zu Einheiten zusammenschließen und das Gewebe bilden; aus Gewebe wiederum bestehen die Organe, aus denen sich die Systeme zusammensetzen, aus denen wiederum mehrzellige Individuen aufgebaut sind.«

»Verstehe«, sagt Lara aufgeregt, »und die Individuen wiederum bilden Populationen und Gemeinschaften, die alle zusammen Ökosysteme darstellen.«

»Und alle Ökosysteme zusammen sind ...«

»Ah, warte, das weiß ich auch ...« Es dauert ein paar Sekunden, bis Lara der Begriff einfällt. »Genau: die Biosphäre!«

»Hey, du hast gut aufgepasst in Biologie.«

»Quatsch – das weiß doch jeder.«

»Wirklich? Das glaub ich nicht. Die ganze Linie aufzuzeichnen vom Atom bis zur Biosphäre, ohne sich dabei zu verhaspeln, das kann eben nicht jeder: Zum Beispiel kennen viele gar nicht den Unterschied zwischen einem Molekül und einer Zelle. Und vielen ist auch nicht bewusst, wenn von Antikörpern die Rede ist, dass wir uns auf Molekülebene befinden, und wenn von Bakterien die Rede ist, wir die Ebene gewechselt haben und bereits Zellniveau erreicht haben. Ohne diesen Unterschied zu begreifen, kann man zum Beispiel auch nicht wirklich verstehen, wie das Immunsystem funktioniert, das dir gerade solches Kopfzerbrechen bereitet. Anders gesagt: Längst nicht jeder hat einen Blick dafür, wie komplex und ineinandergreifend das Leben ist ... und das ist doch schade, findest du nicht?«

Lara zuckt mit den Schultern. Wofür sollte es gut sein, das alles zu begreifen? Für nichts und wieder nichts.

Sie ist immer schon neugierig gewesen, von klein auf wollte sie wissen, wie alles funktioniert, von der Armbanduhr bis zum Universum. Sie hinterfragt gerne Dinge. Zumindest tat sie das, bis ihr klar wurde, dass sie auf ihre dringlichsten Fragen keine Antworten finden konnte.

Das Leben ist zu kompliziert, um es zu verstehen, um zu verstehen, warum manche Dinge geschehen, warum Gleichgewichte aus den Fugen geraten. Warum es gerade sie getroffen hat. Dafür gibt es in keinem Buch eine Erklärung. Genauso wenig wie dafür, dass das Kortison, das sie normalerweise bekommt, diesmal nicht stark genug ist, um ihr Immunsystem wieder in den Griff zu bekommen. Damit es aufhört, ihre eigenen Zellen anzugreifen. Das liegt am Lupus: eine der sogenannten Autoimmunerkrankungen. Wegen eines überreagierenden Abwehrmechanismus des Körpers kann das Immunsystem nicht mehr zwischen Gut und Böse unterscheiden und erklärt deshalb allem, was ihm über den Weg läuft, den Krieg.

Lara hat so viel wie möglich zum Thema gelesen, man könnte fast sagen, sie ist eine Expertin auf dem Gebiet. Sie weiß, dass die Ursache für diesen Irrsinn unbekannt ist und dass die Symptome ganz unterschiedlich ausfallen können, mehr oder weniger schwerwiegend, je nachdem, welche Organe in Mitleidenschaft gezogen sind. Sie weiß, dass Frauen häufiger betroffen sind als Männer. Sie weiß, dass die Krankheit meist ab einem Alter von 15 Jahren auftritt, dass es aber auch eine Form der Krankheit gibt, die etwas früher ausbrechen kann. So wie bei ihr, da fing es kurz nach ihrem zwölften Geburtstag an.

Inzwischen ist sie 14, und sie ist das Ganze so leid. Sie ist es leid, andauernd zum Arzt gehen zu müssen, sich mit Tabletten vollzustopfen, immer Angst vor dem nächsten Anfall zu haben, davor, dass es ihr wieder schlecht geht, dass sie keine Kraft mehr hat, dass sie kein normales Leben führen kann, davor, immer wieder ins Krankenhaus zu müssen. Sie ist es leid, krank zu sein.

Dr. Rovira ist ein guter Arzt, sie mag ihn. Er ist immer sehr nett. Und optimistisch. Normalerweise fasst sie wieder Mut, wenn sie ihn sieht. Aber diesmal ist es anders. Der verdammte Lupus wartet mit den letzten Tricks auf und weiß, wie er trotz der Artillerie durchkommt, die sie auf ihn gehetzt haben, um ihn zu stoppen. Diesmal sieht es wirklich so aus, als würde die Partie an ihn gehen.

Lara hängt ihren Gedanken nach, als Carmen mit einem Themawechsel das Gespräch wieder aufnimmt.

»Jetzt vergiss mal die Mikroorganismen, und lass uns einen Blick aufs andere Ende des Spektrums werfen und uns die gigantischen Riesentiere unserer Erde anschauen. Sind die nicht auch spektakulär? Findest du es nicht unglaublich, dass parallel zu unsichtbaren Organismen lastwagengroße Monster existieren?«

»Wie der Blauwal zum Beispiel. Weißt du, dass Blauwale die größten lebenden Tiere überhaupt sind?«

Während des Gesprächs fällt Lara eine Zeichnung ein, die sie letztes Jahr gemacht hat, sie hat das Bild genau vor Augen. Sie hatte gerade eine Dokumentation über Blauwale gesehen und danach das dringende Bedürfnis verspürt, eines dieser fantastischen Tiere zu zeichnen. Es kostete sie Stunden. Erst suchte sie nach Abbildungen in den *National Geographic*-Ausgaben ihrer Mutter und googelte nach Bildern im Internet – bis sie genau wusste, wie Blauwale aussehen. Dann setzte sie sich an den Schreibtisch und weigerte sich, mit jemandem zu sprechen, bis die Zeichnung fertig war.

Sie war damals so stolz auf ihr Werk, dass sie es am nächsten Tag mit in die Schule nahm und der Kunstlehrerin zeigte. Die ermutigte sie, die Zeichnung weiter auszuarbeiten, und meinte, sie hätte das Zeug zur Künstlerin. Daran glaubte Lara eigentlich nicht – die Zeichnung war ihr erstes Werk, mit dem sie wirklich zufrieden war. Die Lehrerin zeigte sich beeindruckt, und Lara freute sich über das Lob, das ihr von allen Seiten zuteilwurde. Es schien ehrlich gemeint.

Dann, bevor Lara irgendetwas dagegen unternehmen konnte, zeigte die Lehrerin die Zeichnung einem Klassenkameraden: Gerardo, ein ziemlich schweigsamer, ernsthafter Typ, dessen Ausstrahlung Lara aber immer irgendwie interessant gefunden hatte. Da war

ein Fünkchen Unruhe in seinen Augen, das Lara durcheinander-
brachte. Das und das schwarze, immer ungekämmte Haar. Und seine Hände, die ein bisschen zu groß geraten waren und irgendwie
eine Art Eigenleben zu führen schienen.

Außer einem Hallo hier und da hatte Lara noch nie ein Wort mit
Gerardo gewechselt. Sie fand ihn interessant, aber auch rätselhaft.
Und auf Rätsel hatte sie nicht die geringste Lust. An jenem Tag aber
entdeckte sie dank ihrer Lehrerin, dass Gerardo auch zeichnete.
Das hätte sie nie gedacht. In Laras Vorstellung war sie der einzige
Mensch, der so irre war, Blatt um Blatt zu füllen, ohne Pause. Aber
so war es offensichtlich nicht. Auch Gerardo zeichnete, nur für sich,
genau wie Lara.

Von dem Tag an sah sie ihn mit anderen Augen. Genau wie er sie.
Sie fingen an, sich Dinge zu erzählen. Und sich gegenseitig ihre
Zeichnungen zu zeigen, wenn gerade niemand in der Nähe war. Gemeinsam lernten sie dazu. Jeder versuchte, besser zu werden, um
den anderen zu beeindrucken. Und ohne es zu bemerken, wurden
sie nach und nach Freunde.

Lara schüttelt den Kopf. Sie will jetzt nicht an Gerardo denken.
Sie bemerkt, dass Carmen lächelt. Sie weiß schon, was Carmen damit sagen will: dass sich Lara von ihren Geschichten hat mitreißen
lassen. Aber jetzt ist sie diejenige, die den Ton angibt in ihrem Gespräch. Ihr Lächeln kehrt zurück, und sie kann sich nicht zurück-
halten, ein wenig mit ihrem Wissen anzugeben.

»Blauwale sind Säugetiere«, fährt sie fort und setzt dabei ihr
Besserwissergesicht auf. »Genau wie Delfine gehören sie zu den
Meeressäugern. Keiner der Dinosaurier, die vor Jahrmillionen auf
der Erde lebten, war größer.«

»Sehr gut. Nur dass Blauwale längst nicht die größten Lebewesen auf der Erde sind, bei Weitem nicht.«

Lara sieht verblüfft aus. Das hatte sie nun wirklich nicht erwartet, sie war sich sicher, dass sie recht hatte.

»Wirklich nicht? Ich dachte, das stand in einem der Bücher hier ...« Lara zeigt auf den Nachttisch.

Seit der Einweisung in die Klinik hat sie viel gelesen und Dokumentarfilme im Fernsehen angesehen. Für etwas anderes hatte sie keine Kraft. Selbst das Aufstehen, um ins Bad zu gehen, war die letzten Tage zur Qual geworden. Ihr Humor war ihr mehr und mehr abhandengekommen. Ausgerechnet ihr – wo sie noch bei den düstersten Wolken am Himmel immer gut gelaunt war, immer einen geistreichen Satz auf den Lippen hatte.

»Der Blauwal ist das größte Tier, das schon«, sagt Carmen, »aber ich habe ja vom größten Lebewesen gesprochen, das ist etwas anderes. Weißt du, was ich meine?«

Lara überlegt, aber ihr fällt nichts ein.

»Du meinst also, dass das größte Lebewesen auf der Erde gar kein Tier ist?«

»Genau.«

»Dann muss es eine Pflanze sein.«

»Treffer! Und zwar eine riesige Pflanze mit einem extrem dicken Stamm: der Riesenmammutbaum aus Nordamerika.«

»Ach ja, stimmt!«

»Du hast bestimmt Fotos gesehen.«

Lara nickt.

»De facto sind Riesenmammutbäume mit Zypressen verwandt. Sie können mehr als hundert Meter hoch werden und über 1500 Tonnen wiegen, das ist das Zehnfache eines Blauwals.«

»Dann gewinnt der Riesenmammut also mit Abstand.«

»Oder auch nicht ...«

»Sag bloß, es gibt auf der Erde etwas noch Größeres?«

»Wenn es um das Lebewesen mit der größten Ausdehnung geht, das also die größte Oberfläche einnimmt, dann macht ein anderes das Rennen.«

Carmen wartet ein paar Sekunden ab, um zu sehen, ob Lara eine Idee dazu hat. Aber obwohl diese wirklich angestrengt nachdenkt, fällt ihr nichts ein.

»Pilze. Von denen gibt es eine Menge unterschiedliche Arten. Du denkst wahrscheinlich gleich an Stängelpilze, oder? Die sind aber eigentlich nur für die Fortpflanzung einer Pilzgruppe zuständig. Beim Pilzesuchen im Wald ist dir doch bestimmt schon einmal aufgefallen, dass Pilze normalerweise nicht allein stehen. Sie treten in Gruppen auf, manchmal sogar in ganz schön großen. Und mit ziemlicher Wahrscheinlichkeit sind die Pilze einer Art, die im Wald beieinanderstehen, in Wirklichkeit Teile ein und desselben Lebewesens.«

»Wie das denn?«

»Es sieht zwar so aus, als wären sie voneinander unabhängig, in Wirklichkeit sind sie aber unterirdisch durch etwas Ähnliches wie Wurzeln miteinander verbunden, durch das sogenannte Myzel. Richtige Wurzeln sind das eigentlich nicht, Pilze sind ja auch keine Pflanzen – trotzdem können sich die durch das Myzel miteinander verbundenen Pilznetze über mehrere Hektar erstrecken. Wie ein Spinnennetz breitet sich das Myzel unter der Erde aus. Wenn die Bedingungen dann günstig sind für die Reproduktion, wachsen an verschiedenen Stellen Stängel aus der Erde, das sind die Hyphen, die Stiele der einzelnen Pilze. Die Stängelpilze sind also nur der sichtbare Teil des Pilzes, er beinhaltet die Sporen, die durch ihre Verbreitung für Vermehrung sorgen.«

»Okay, ich geb's zu: Jetzt bin ich echt platt.« Lara richtet sich ein wenig auf, sodass sie jetzt an das Kopfteil des Bettes gelehnt zum

Sitzen kommt. »Ich hatte keine Ahnung, dass Pilze miteinander verbunden sind. Die machen echt nicht nur als Lebewesen mit der größten Ausdehnung den ersten Platz, sondern auch in der Sparte schrulligste Wesen.«

Carmen zuckt mit den Schultern.

»Ich weiß nicht. Es gibt eine Menge schrullige Lebewesen. Und übrigens ist den Pilzen ihr Platz auf dem Podium für Lebewesen mit der größten Ausdehnung gar nicht so sicher ...«

»Klar – als Nächstes erzählst du mir wahrscheinlich, dass alle Gänseblümchen dieser Welt durch ein unterirdisches Netz miteinander verbunden sind.«

»Das wär allerdings super!« Carmen lacht. »Nein: Der Kontrahent der Pilze im Streit um den Titel als Superlebewesen ist eine Meerespflanze: Neptungras heißt sie. Neptungras gibt es auch im Mittelmeer, du hast es sicher schon einmal beim Tauchen im Urlaub gesehen, es kommt ziemlich häufig vor. Im marinen Ökosystem, in dem es lebt, ist es das vielschichtigste Lebewesen überhaupt. Man geht davon aus, dass diese riesigen Neptungraswiesen jeweils ein einziges Lebewesen sind, weil all die einzelnen Gräser über ihre Wurzeln miteinander verbunden sind. Und es gibt noch eine Menge ähnlicher Fälle, so seltsam ist das also gar nicht ...«

»Zum Beispiel?«

»Manche Tiere leben in Kolonien zusammen, in denen sich jedes Individuum auf eine ganz bestimmte Aufgabe spezialisiert hat – als wären sie in ihrer Gesamtheit ein einziger Organismus.«

»Ameisen meinst du, oder?«, wagt sich Lara vor. Jetzt ist ihr Interesse endgültig geweckt.

Carmen nickt.

»Weißt du, wie ein Ameisenhaufen funktioniert? Es können ja schlecht alle Ameisen für die unterschiedlichen Aufgaben gleichzeitig zuständig sein. Deshalb kümmern sich manche um die Eier und die Brut innerhalb des Haufens, solange sie jung sind, und gehen später dann auf Futtersuche. Andere sind nur dafür zuständig, den Bau zu bewachen und zu verteidigen. Wieder andere pflanzen sich einfach nur fort. Jeder Ameisentypus ist auf eine ganz konkrete Arbeit spezialisiert, so als wären sie …«

»… als wären sie Zellen eines Körpers!«, ruft Lara dazwischen.

»Du hast schon verstanden, worauf ich hinauswollte. Wenn du mal überlegst, unterscheidet sich ein Verband unterschiedlicher Zellen, die alle koordiniert agieren, gar nicht so sehr von einem Ameisenhaufen. Nur dass die einen zu einem Körper gehören und die anderen eben zu einem Ameisenhaufen …«

»Das sehe ich aber ein bisschen anders.«

»Siehst du keine Ähnlichkeit? Es kommt natürlich ganz darauf an, welchen Maßstab du ansetzt. Jede Ameise besteht ja aus vielen Zellen, die alle jeweils auf eine bestimmte Aufgabe spezialisiert sind – je nachdem, ob sie sich in den Eingeweiden, einem Muskel, den Nerven oder wo auch immer befinden. Wenn aber jede Zelle jeder einzelnen Ameise lebt und dabei zugleich Teil eines übergeordneten Organismus ist – könnte man dann nicht auch den Ameisenhaufen als eigenständiges Lebewesen betrachten?«

»Ach du meine Güte!«

»Hm?«

»Ich weiß nicht, das klingt irgendwie seltsam.«

»Überleg mal: Eine Arbeiterin aus einem Ameisenstaat ist ohne die sich fortpflanzende Königin nichts wert, genau wie umgekehrt eine Königin ohne ihre Arbeiterinnen nutzlos ist. Dasselbe gilt für Muskelzellen ohne Darmzellen oder eine Leberzelle ohne Neuron.«

»Hm, okay – klingt irgendwie logisch. Nur: Wo ist dann die

Grenze? Dann kannst du ja alle Lebewesen, die miteinander interagieren, als Einheit ansehen.«

»Stimmt. Man könnte tatsächlich sagen, dass jedes in sich geschlossene Ökosystem ein einziges, gigantisches Lebewesen ist, das aus unterschiedlichen, miteinander verbundenen Einzelteilen besteht. Warum eigentlich nicht?«

Lara lässt sich das Konzept durch den Kopf gehen. So hatte sie das noch nie gesehen, aber was Carmen da sagt, ergibt Sinn. Eine wirklich interessante Sicht auf die Natur – durch die sich der Blick auf alles radikal ändert.

»Du musst dir vor Augen halten«, fährt Carmen in ihrer Argumentation fort, »dass alle Elemente eines Ökosystems voneinander abhängen, dass sie viel stärker miteinander verbunden sind, als man meint. Ich geb dir ein Beispiel. Wo wir schon von Riesentieren sprechen, nehmen wir uns doch einmal zwei der größten überhaupt vor: den Pottwal und den Riesenkalmar.«

»Gibt es Riesenkalmare denn wirklich?«

»Klar! Fischer ziehen sie des Öfteren mal aus dem Meer, und manchmal findet sich auch ein gestrandetes Exemplar am Strand. Erstmals fotografisch festhalten konnte man einen lebendigen Riesenkalmar allerdings nicht vor Anfang dieses Jahrhunderts. Und die erste Filmaufnahme eines Exemplars in seinem natürlichen Lebensraum stammt aus dem Jahr 2013. Riesenkalmare leben nämlich in sehr großen Tiefen, ab tausend Metern unter der Meeresoberfläche, vielleicht sogar vier-, fünfmal so tief. So weit unten ist es nahezu absolut finster, und der Druck dort unten ist gewaltig.«

»Und ich dachte, Riesenkalmare kommen nur in Science-Fiction-Romanen vor ...«

»Wie in *20 000 Meilen unter dem Meer*, meinst du?«

»20 000 was?«

»Ein Buch von Jules Verne.« Sie weist in Richtung Bücherstapel. »Da liegt es, auf deinem Nachttisch.

»Das weiß ich doch, was denkst du denn? Verne ist zwar genauso ein Fossil wie du, aber ich weiß trotzdem, wer er ist.« Sie verdreht die Augen. »Das habe ich Pablo zu verdanken, meinem kleinen Bruder. Ein echter Freak, er steht auf so Zeug ...«

»Äh – hast du mich gerade Fossil genannt? Verne wurde 1828 geboren! Wenn ich so alt wäre wie er, wäre ich jetzt knapp 200!«

»Na ja, du weißt schon, was ich meine.« Lara schämt sich ein bisschen. Carmen hat zwar sehr locker reagiert, und doch will Lara nicht, dass sie denkt, sie mache sich lustig über sie. »Ich meine ja nur, dass er steinaltes Zeug schreibt. So was liest doch heute keiner mehr, außer solchen Spinnern wie meinem Bruder.«

»Das stimmt nicht. Verne hat immer noch eine Menge Leser, mehr, als du denkst. Vielleicht solltest du auch mal etwas von ihm lesen. Klassiker sind nicht umsonst Klassiker.«

»Okay, okay.« Lara dreht sich zum Nachttisch hin. »Ich werde mir das Buch ansehen, versprochen. Aber jetzt erzähl mal weiter von den Riesenkalmaren. Nicht ablenken lassen, die Sache hat sich spannend angehört.«

»Der Riesenkalmar und der Pottwal also. Über die beiden wollte ich auf das Thema Koevolution zu sprechen kommen ...«

»... und schon wird die Sache wieder weniger spannend ...«

»Jetzt lass es mich doch erst mal erklären, nicht so ungeduldig.« Lara macht eine Handbewegung, als würde sie großzügig die Erlaubnis zum Weitererzählen erteilen, und Carmen fährt fort. »Der Begriff hört sich zwar an wie aus einem Lehrbuch, er bezeichnet aber einfach nur das Phänomen, dass sich zwei oder mehrere Arten wechselseitig aneinander anpassen. Diese Anpassung kann sich zwischen zwei Tierarten entwickeln, zwischen einem Tier und einer Pflanze oder zwischen einem Tier und einem Pilz – es gibt eine Menge Beispiele dafür in der Natur. Koevolution tritt auf bei symbiotischen Beziehungen, Parasitentum oder den Wechselwirkungen zwischen Raubtier und Beute. Und genau so ein Fall sind Pottwal und Riesenkalmar: zwei Riesenräuber.«

»Pottwale fressen Kalmare?« Lara versucht, sich die Szene bildlich vorzustellen. »Oder umgekehrt?«

»Nein, du warst schon auf dem richtigen Weg: Der Pottwal frisst den Kalmar. Riesenkalmare machen ein bis zwei Drittel seines Speiseplans aus. Nur, wie du dir denken kannst, sind Kalmare keine leichte Beute. Werden sie von einem Pottwal erwischt, verteidigen sie sich mit aller Kraft. Dazu setzen sie ihre beiden längsten dünnen Tentakel ein, die an den Enden mit großen, spitzen Krallen versehen sind. Den Narben zufolge, die man an Pottwalen gefunden hat, gehen sie vor allem auf das Spritzloch los, durch das Meeressäuger atmen, das sogenannte Spiraculum.«

»Wollen sie den Wal denn ersticken?«

»Nicht wirklich. Wenn der Kalmar es schafft, dass das Spiraculum offen bleibt, tritt Wasser ein, und dadurch kühlt das Walrat, das Spermazeti, ab.«

»Das Sperma... was?«

»Das Spermazeti. Nicht, was du denkst. Mit Sperma hat das nichts zu tun.«

»Ah ...« Lara wird ein bisschen rot. »Der Name ist aber auch irritierend!«

»Es heißt so, weil man tatsächlich erst dachte, dass es sich um Sperma handelte, als man es entdeckte. Stimmt aber nicht: Walrat oder Spermazeti ist eine fetthaltige Substanz im Kopf des Wals. Kühlt es ab, nimmt seine Dichte zu, und der Pottwal sinkt nach unten. Solange das Spiraculum offen ist, kann der Wal nicht auftauchen, um Luft zu holen. Deshalb ist er irgendwann gezwungen, seine Beute loszulassen und das Spiraculum zu schließen, und wenn sich das Spermazeti dann durch die Körperwärme des Wals wieder erwärmt hat, steigt er an die Wasseroberfläche, zu atmen. Und der Kalmar ist gerettet.«

»Irre! Das muss ja der Wahnsinn sein, so einen Kampf mitzuverfolgen!«

»Ja, nur gibt es kaum Daten, weil sich alles in so großer Tiefe abspielt. Alles, was man weiß, basiert auf Vermutungen. Noch interessanter dabei ist aber die Koevolution. Man nimmt an, dass sich Riesenkalmare im Laufe der Jahrtausende evolutionär dahingehend entwickelt haben, dass inzwischen sämtliche Exemplare mit diesen zwei besonders langen Tentakeln und den Krallen daran ausgestattet sind, was ihnen nicht nur den Beutefang erleichtert, sondern wodurch sie eben auch ihren Verfolgern leichter entkommen können.«

»Mal sehen – habe ich das jetzt richtig verstanden? Ein Raubtier frisst also eher Tiere, die sich schlechter verteidigen können, heißt also, die nicht über so nützliche Merkmale verfügen wie im Fall des Kalmars die langen und krallenförmigen Tentakel. Deshalb werden genau solche konkreten Merkmale auch an die nächste Generation weitergegeben – weil die Kalmare dadurch leichter überleben und sich darum auch besser fortpflanzen können.«

»Genau darum geht es: um das Überleben der am besten angepassten Individuen.«

»Aber warte mal, warum sagst du dann, dass sich die Räuber gleichzeitig auch weiterentwickeln?«

»Das ist die andere Seite der Medaille. Durch die Evolution haben bei den Pottwalen diejenigen überlebt, die am längsten unter Wasser bleiben konnten – die sich also am besten gegen die Verteidigungsstrategie der Kalmare zur Wehr setzen konnten.«

»Klar – wer weniger lange die Luft anhalten kann, erstickt vielleicht, wenn ihm der Kalmar sein Spiraculum mit den Krallen öffnet. Logisch!«, ruft Lara fasziniert.

»Es gibt noch eine Menge ungeklärter Fragen zum Verhältnis zwischen Räuber und Beute, aber es sieht so aus, als könnte es so gelaufen sein. Weil eine Art eine andere zwecks Nahrungsaufnahme umbringt, überleben nur die Individuen, die sich am besten verteidigen können, und ihre Merkmale setzen sich durch. Das ist Evolution. Man könnte also sagen, dass der Tod gewissermaßen bestimmt, wie das Leben sich weiterhin ausprägt.«

»Wirklich ein verrückter Fall. Aber glaubst du wirklich, dass so etwas öfter vorkommt?«

»Natürlich! Du kannst jedes beliebige Paar von Lebewesen unterschiedlicher Spezies betrachten, die miteinander in Beziehung stehen – es wiederholt sich immer wieder. Genau wie bei den Riesenkalmaren und den Pottwalen beeinflussen sie sich wechselseitig in ihrer Entwicklung: Das Beutetier koevolutioniert mit seinem Jäger, der Jäger mit seiner Beute, der Wirt mit dem Parasiten, der Parasit mit dem Wirt, die Pflanzenfresser, die sich auf eine bestimmte Pflanze spezialisiert haben, konkurrieren miteinander und koevolutionieren wechselseitig, genau wie diese bestimmten Pflanzen selbst auch, und dasselbe gilt für jede Spezies eines Ökosystems. Das ist auch der Beweis dafür, dass alle Lebewesen miteinander in Verbindung stehen, dass sie Teil eines großen Ganzen sind und dass dieses große Ganze ganz koordiniert als Einheit funktioniert.«

»Ich will ja nicht behaupten, dass da nichts dran ist, aber wenn du so weitermachst, dann heißt es am Ende noch, dass man die ganze Erde als eigenständiges Lebewesen betrachten könnte ...«

»Und warum auch nicht? Ist ja auch nicht meine Idee, das Ganze.

Man kennt diese Theorie unter dem Namen Gaia-Hypothese. Der britische Chemiker James Lovelock entwickelte sie in den Sechzigerjahren des letzten Jahrhunderts.«

»Gaia …« Der Name klingt fast mystisch, findet Lara. »Das habe ich schon einmal irgendwo gehört.«

»Ja, bestimmt, die Hypothese ist auch einigermaßen bekannt. Zum damaligen Zeitpunkt war sie ziemlich umstritten: Ihr zufolge ist die Erde ein sich selbst regulierendes System, genau wie ein Lebewesen – das mussten die Leute erst mal schlucken. Aber wenn man sich das durch den Kopf gehen lässt, ergibt es durchaus Sinn.«

»Ich weiß nicht … Wenn sich die Erde wie ein eigenständiges Lebewesen verhält – ist es dann nicht seltsam, dass sich das Leben ausschließlich auf der Erdoberfläche abspielt, auf einem vergleichsweise geringen Teil des Planeten? Der Rest ist doch purer Fels.«

»Stimmt schon. Das, was wir als Biosphäre bezeichnen, die Schicht, auf der es Leben gibt, ist im Vergleich zum Erdmantel und Erdkern, die nur aus Mineralien und Magma bestehen, wirklich ziemlich klein. Aber denk mal an einen Baum. Im Winter besteht jeder Laubbaum zu über neunzig Prozent aus komplett toter Materie. Übergreifend betrachtet, geschieht dasselbe mit neunzig Prozent des gesamten Waldes.«

»Ja, so könnte man das wohl sehen …«

»Dann wäre die Erde allerdings ein etwas seltsames Lebewesen – mit der Fortpflanzung würde es wahrscheinlich eher schwierig werden«, meint Carmen.

Lara versucht sich vorzustellen, was ein Planet wohl anstellen müsste, um für Nachkommen zu sorgen, aber mehr als ein Lachanfall kommt dabei nicht heraus. Carmen stimmt in ihr Lachen mit ein.

»Arme Gaia«, meint Lara schließlich. »Irgendwie wäre sie doch ein trauriger Organismus, so ganz ohne jemanden, mit dem sie sich austauschen könnte, so verloren, wie sie ist, mitten im All.«

»Stimmt. Das Leben macht wenig Spaß, wenn man es nicht mit jemandem teilen kann.«

Lara lacht immer noch, aber der letzte Satz macht sie nachdenklich. Carmen hat das absichtlich gesagt, da ist sie sicher. Und das Schlimmste ist: Sie hat recht damit.

Lara gibt sich unnahbar und stark, weil sie es so satthat zu leiden, aber tief im Innern vermisst sie ihre Freundinnen doch. Sie hat sich zu sehr abgeschottet in letzter Zeit. Sie weiß, dass die anderen dafür Verständnis haben, und trotzdem ist das kein Grund, sie so von sich zu stoßen.

Aber was soll sie tun? Wie sollte sie sich nicht wie eine Jahrmarktsensation fühlen, wenn sie mit ihren Freunden zusammen ist? Wie könnte sie so tun, als würde sie sich für ihre Pläne interessieren, für die Filme, die sie ansehen wollen, für den neu eröffneten Laden in der Innenstadt, dafür, mit wem sie sich zum Essen am Samstagabend verabredet haben – wenn sie doch nicht einmal weiß, ob sie das Wochenende nicht schon wieder im Krankenhaus verbringen wird? Wie oft schon hat sie ihre Pläne ändern müssen, hat sich entschuldigen müssen, weil sie doch nicht dabei sein konnte, weil es ihr nicht gut ging oder sie unerwartet zum Arzt musste?

Ihre Freundinnen werfen ihr das natürlich nicht vor, aber sie betrachten sie mit anderen Augen, das weiß sie. Sie ist eben nicht »normal«. Und sie wird auch nie »normal« sein, wird nie eine von ihnen sein. Nie wird sie zu irgendeiner Gruppe gehören, das geht gar nicht. Sie ist dazu verurteilt, den Rest ihrer Tage allein zu verbringen, ob es nun noch viele oder wenige davon geben wird.

Nicht einmal Gerardo kann ihr da helfen. Und wenn er sich noch so anstrengt.

DREI

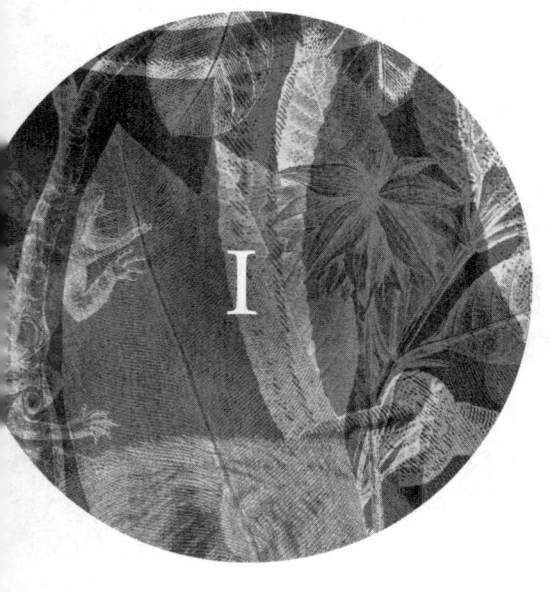

I

Ein Geräusch durchbricht die Stille in den Krankenhausfluren. Es hört sich an wie das entfernte Pfeifen eines Gerätes, wie ein Alarm, den jemand ausgelöst hat. *Vielleicht ist einer der Patienten in Schwierigkeiten,* denkt Lara. Das Geräusch hält nur wenige Sekunden an, dann ist alles wieder still wie zuvor.

Carmen sieht zur Tür, als wolle sie hinausgehen, um nachzusehen, was los ist. Lara versucht, sie zurückzuhalten, ein wenig noch.

»Diese ganzen biologischen Sachen sind ganz schön ... kompliziert. Es gibt so viele Faktoren, auf die man achten muss, und so viele Dinge, die wir noch nicht verstehen. Alles hängt miteinander zusammen, okay, aber das macht es ja nicht unbedingt einfacher. Klar, dass dir das gefällt, du hast das Thema ja auch zu deinem Beruf gemacht. Aber ob ich in der Lage wäre, mich Tag für Tag mit Dingen auseinanderzusetzen, die einem so viel Vorstellungsvermögen abverlangen wie unsichtbare Mikroben, die unser Schicksal bestimmen, oder ein ganzer Planet, der wie eine Arbeiterfabrik funktioniert und auf ein bestimmtes Ziel hinwirkt – ich weiß nicht. Finde ich ganz schön anstrengend.«

»Nicht unbedingt. Gib nicht gleich auf, nur weil es vielleicht mal ein bisschen anstrengender wird. Wissenschaftliches Arbeiten ist nie einfach. Wir haben eben nicht auf alles eine Antwort, im Gegenteil: Es gibt noch eine ganze Menge ungelöster Rätsel. Aber das macht die Wissenschaft ja gerade so interessant, findest du nicht? Wir sind wie Detektive, die im Krimi Spuren verfolgen und auf der Suche nach dem Täter sind. Und so entwerfen wir nach und nach ein immer deutlicheres Bild davon, wie alles funktioniert, wir ergänzen das Puzzle um immer mehr Teile und verstehen immer besser, was Leben eigentlich ist und was es so besonders macht.«

»Ja, klar, das weiß ich alles. Ich habe ja genauso gedacht bis vor

Kurzem. Naturwissenschaften haben mich immer schon interessiert, weißt du? Von klein auf. Ich war so ein typisches Kind, das ständig Blätter und Insekten aufsammelt und dann stundenlang durch die Lupe anschaut ... Das erzählst du aber bitte niemandem, ja?«, fügt sie hastig an. »Sonst denken die, dass ich ein noch größerer Freak bin, als sie sowieso schon meinen.«

Carmen runzelt die Stirn.

»Ist doch nichts daran auszusetzen, dass du dich für die Wissenschaft interessierst! Deshalb bist du doch kein Freak!«

»Ja, kann schon sein, aber dann kommt ja noch dazu, dass ich auch gern zeichne.« Lara zeigt mit einer Kopfbewegung auf das Zeichenheft unter dem Bücherstapel. »Also, ich weiß nicht, ist doch irgendwie nicht ganz normal, oder?«

»Quatsch! Neugierig sein ist doch nichts Schlechtes. Und Künstler sein schon gar nicht. Du hast von beidem etwas – umso besser! Und wenn dir jemand etwas anderes erzählen will, dann hör einfach nicht drauf. In diesem Leben ›normal‹ zu sein, ist nicht immer der beste Weg.«

Es wäre schön, wenn das stimmen würde, aber da ist sich Lara nicht so sicher. Es ist ihr ein bisschen peinlich, ihren Freundinnen von ihren Interessen zu erzählen. Sie weiß, dass sie nichts damit anfangen können. Statt anders zu sein, wäre Lara lieber so wie sie, sie wäre gern angepasster.

Mit Gerardo ist das anders. Er versteht sie. In manchen Dingen ist er genauso ein Freak wie sie. Mit ihm kann sie offen sprechen, das weiß sie, er würde sie nie auslachen oder ihr Vorwürfe machen. Deshalb fühlt sie sich auch so wohl, wenn sie mit ihm zusammen ist.

Lara atmet tief ein, um den Gedanken aus ihrem Kopf zu vertreiben. Sie spürt ein Stechen zwischen den Rippen, das sie daran erinnert, warum sie nie ein ganz normales Leben führen kann. Ihre Krankheit wird es nicht zulassen.

»Ich weiß nicht«, sagt sie schließlich. »Ich komme mir manchmal ganz schön seltsam vor. Jedenfalls kenne ich nicht viele Leute, die sich bevorzugt Filme auf dem Doku-Sender reinziehen.«

»Zum Glück bist du nicht die Einzige, die sich dafür interessiert – sonst wären die Dokumentarfilmer längst arbeitslos. Die Wissenschaft hilft uns, die Welt, die uns umgibt, besser zu verstehen, das ist doch fantastisch. Und schau: Immerhin haben es zwei Menschen der Wissenschaft zu verdanken, dass ihnen bis zum Morgengrauen der Gesprächsstoff nicht ausgeht«, sagt sie und grinst. »Was willst du mehr?«

»Stimmt! Ein echt brandheißes Thema!«, meint Lara. Dann wird sie wieder ernst. »Ich wollte eigentlich Biologie studieren. Oder vielleicht sogar Medizin, irgendetwas in der Richtung. Aber jetzt bin ich nicht mehr sicher ...« Lara zögert kurz, bevor sie sich Carmen anvertraut. »Ich weiß nicht, was ich will. Ich weiß nicht mal, ob es sich überhaupt lohnt, etwas zu wollen. Irgendwie bin ich gerade total durcheinander.«

»Weil du wütend bist auf die Natur.«

Lara sieht sie eindringlich an und wiederholt ihre Worte im Stillen. Es wäre ihr nicht in den Sinn gekommen, es so drastisch auszudrücken, aber vielleicht hat Carmen recht damit. Im Moment will sie wirklich nichts von Biologie wissen, von einer Biologie, die sie im Stich gelassen hat, von einem Körper, der nicht auf sie hört, von Zellen, die ihrer Arbeit nicht nachgehen, die sich gegenseitig bekämpfen, statt sie zu beschützen, die sie nach und nach auffressen, die sie innerlich zernagen, ohne dass sie etwas anderes tun kann, als ihnen hilflos dabei zuzusehen ... Warum ist das so, das ist doch sinnlos! Das Leben ist sinnlos. Es ist nicht logisch.

»Die Natur ist scheiße«, sagt sie schließlich. »Die kann mich mal.«

»Du darfst den Kampf nicht aufgeben, Lara.«

»Ich bin doch nicht diejenige, die aufgibt! Schau dir das alles doch mal an!«, sagt sie und hält die Kabel hoch, die aus den Elektroden an ihrer Brust kommen. »Oder das hier!« Sie zeigt auf den Schlauch, der aus der neben dem Bett hängenden Flasche direkt in ihre Vene läuft. »Sie haben mich in einen Krieg geschickt, den ich nicht wollte, und jetzt verliere ich ihn, so sieht es aus. Ich kann nichts mehr tun.«

»Nicht unbedingt. Manche Schlachten verliert man, manche gewinnt man. Dein Krieg hier ist langwierig – du darfst das Schlachtfeld nicht verlassen, bevor er zu Ende ist! Es gibt noch eine Menge zu tun. Weder die Ärzte noch alle Medikamente der Welt können diesen Krieg ohne dein Zutun für dich entscheiden. Ich sag es dir noch einmal: Wenn du jetzt aufgibst, verlierst du alles, vergiss das nicht. Nur wenn du weiterkämpfst, hast du noch eine Chance.«

»Deshalb haben sie dich also zu mir geschickt, stimmt's?«

»Was meinst du damit?«

»Um mir Mut zu machen. Wer bist du eigentlich? Die Psychologin aus der Nachtschicht?«

Der Satz hat sich schroffer angehört, als Lara es wollte, sie schämt sich ein wenig. Aber Carmen scheint sich nicht angegriffen zu fühlen.

»Nein. Und es hat mich auch niemand geschickt. Ich bin hier, weil du das willst, sonst wäre ich längst wieder weg.«

»Du hast recht, tut mir leid. Ich habe es nicht so gemeint.« Lara nimmt Carmens Hand. »Bitte bleib. Ich unterhalte mich gerne mit dir. Das ist sehr viel besser, als krampfhaft zu versuchen, in den Schlaf zu finden, während in einem eine Schlacht tobt.«

Über Carmens Gesicht huscht ein Lächeln, sie streicht Lara übers Haar. Dann steht sie auf und wendet sich zum Fenster. Ein paar Augenblicke bleibt sie dort stehen und sieht hinaus.

»Deine Situation ist alles andere als einfach«, sagt sie. »Du bist wirklich ein tapferes Mädchen, weißt du. Und stark bist du. Sehr stark, daran darfst du nicht einen Moment lang zweifeln. Bis hierhin hast du es jetzt schon geschafft, und wenn du es dir vornimmst, kannst du es noch viel weiter schaffen.«

»Ich weiß nicht ...« Lara versucht, nicht allzu hoffnungslos zu klingen. »Dr. Rovira ... na ja, das wirst du ja wissen. Er hat Zweifel daran, ob ich morgen überhaupt noch den Sonnenaufgang erlebe. Wenn er bei mir ist, versucht er, optimistisch zu sein, aber ich merke genau, was los ist.«

»Aber er hat dir auch gesagt, dass noch nicht alles verloren ist, erinnerst du dich? Übrigens fehlt nicht mehr viel bis zum Morgengrauen, und wie du siehst, geht es dir nicht schlechter, stimmt's?«

Lara nickt schweigend.

»Einen Teil der Reise hast du schon hinter dich gebracht. Logisch, dass du eher die dunkle Seite deiner Situation siehst, das würde jedem so gehen, aber vergiss nicht die andere Seite der Medaille: Es gibt noch Hoffnung. Gib den Glauben an deinen Körper noch nicht auf, er kann da wieder herauskommen.«

»Kann sein ... Aber ich bin müde, Carmen. Ich ertrage das jetzt schon so lange. Und auch wenn es diesmal gut geht – ich hätte noch so viel Leid vor mir.«

»Aber jetzt hast du es schon so weit geschafft – da wäre es doch absurd, all deine Anstrengungen ins Leere laufen zu lassen, Lara! Du musst durchhalten, koste es, was es wolle!«

Es ist wieder ruhig im Raum. Lara sieht auf die Maschine, an die sie angeschlossen ist. Ihr Herz zeichnet eine weiße Linie, die etwa einmal pro Sekunde ausschlägt. Jeder Herzschlag löscht den vorhergehenden und verschwindet blitzschnell, wenn der nächste kommt. Und so geht es die ganze Nacht.

Wenn sie Glück hat.

Stoppt die Krakelei des Elektrokardiogramms, bedeutet das, dass die Krankheit gesiegt hat. Plötzlich erschreckt sie diese Vorstellung. Vor einem Moment noch dachte sie, nicht mehr weiterkämpfen zu können, sich nicht mehr ans Leben klammern zu können, und jetzt will sie sich nicht ausmalen, was geschehen würde, wenn sie aufgäbe. Was ist passiert?

Sie muss jetzt einfach an etwas anderes denken. Egal, an was.

»Komm, erzähl mir noch eine deiner Geschichten.«

»Na hör mal, wer bin ich denn, deine Scheherazade etwa?«

»Scheherazade?«

»Die aus *Tausendundeiner Nacht*, die dem König jeden Tag eine andere Geschichte erzählte.«

»Ach ja, mein Vater hat mir das Buch vorgelesen, als ich klein war. Witzig, das hatte ich total vergessen.« Lara sieht aus, als würde sie sich in ihren Erinnerungen verlieren, aber dann schüttelt sie die Bilder ab. »Es hat sich wohl in irgendeinem vergessenen Winkel meines Gehirns versteckt. Genau, eine Scheherazade bist du, eine Scheherazade, die sich mit Biologie und Medizin auskennt. Mehr kann man wohl kaum verlangen, oder?«

»Na also, jetzt fängst du wenigstens an, mir eine gewisse Achtung entgegenzubringen.«

»Aber ich schätze dich doch, sehr sogar! Komm, erzähl mir, wie alles anfing!«

»Alles?«

»Das Leben. Es ging doch gerade darum, was Leben eigentlich ist, oder? Also erklär mir, wie es anfing. Den Big Bang und den Ursprung des Universums kannst du überspringen, fang ruhig gleich mit dem gehaltvollen Teil an.«

»Findest du den Big Bang nicht ›gehaltvoll‹ genug?«, fragt Carmen mit entgeistertem Gesichtsausdruck und entlockt Lara damit ein Grinsen.

»Doch, schon, aber irgendwie kommt es mir … wie soll ich sagen … zu weit weg vor. Es reicht mir schon zu verstehen, warum es ausgerechnet auf unserem, in irgendeiner einsamen Ecke der Milchstraße vergessenen Planeten Leben gibt, da muss ich nicht noch weiter zurückgehen.«

»Eine interessante Frage, zweifellos – auch die Wissenschaft hat sich immer wieder damit beschäftigt. Wie das Leben auf der Erde genau entstanden ist, weiß man nicht, aber zahlreiche Experimente deuten darauf hin, dass es wahrscheinlich spontan entstanden ist.«

»Aha. Ich habe aber mal gehört, dass das Leben mit einem Meteoriten auf die Erde gelangt sein könnte. Stimmt das nicht?«

»Doch, stimmt schon. Eine aktuelle Theorie besagt, dass ein Meteorit, der vor Jahrmillionen in die Erde einschlug, ein paar grundlegende Bestandteile mitbrachte, durch die der ganze Prozess in Gang gesetzt wurde. Das hält man deshalb für möglich, weil man in Meteoriten, die in jüngerer Zeit einschlugen, genau dieselben chemischen Substanzen gefunden hat.«

»Chemische Substanzen also«, sagt Lara leicht enttäuscht. »Dann standen also keine mutierten Bakterien aus dem Weltall oder so was am Anfang der Kette.«

»Viel einfacher. Wir sprechen ja hier nicht von einem Organismus, der durchs Weltall saust und wie ein Samen ›keimt‹ und zum Leben erwacht, wenn er erst den passenden Planeten gefunden hat. Sollten wirklich Meteoriten an dem Prozess beteiligt gewesen sein – und das weiß man nicht sicher, wie gesagt –, dann auf viel unspektakulärere Weise, nämlich durch einfache Moleküle. Damit sich das ›Wunder‹ des Lebens entfalten konnte, brauchte es aber noch eine Menge weiterer Faktoren.«

»Nämlich?«

»Die Erde sah vor vier Milliarden Jahren ganz anders aus als heute, musst du wissen. Angefangen mit der Atmosphäre, der etwas Wichtiges fehlte ...«

Carmen lässt den angefangenen Satz im Raum stehen, ohne ihn zu beenden.

»Sauerstoff«, ergänzt Lara schnell.

»Ganz genau, es gab keinen Sauerstoff. Deshalb konnten ihn die ersten Lebewesen auch nicht nutzen, im Gegensatz zu den meisten Lebewesen heute. Hätte es in der Atmosphäre von damals Sauerstoff gegeben, hätte kein Leben entstehen können, weil Sauerstoff sehr leicht mit all den organischen Molekülen reagiert und sie am Ende zerstört.«

»Und warum zerstört uns Sauerstoff dann heute nicht, er ist doch überall?«, fragt Lara skeptisch.

»Er tut es sehr wohl. Lebewesen sind zwar auf Sauerstoff angewiesen, er ist aber zugleich eine Verschleißquelle, die kontrolliert und beobachtet werden muss. Erst im Laufe der Jahrtausende konnten die Lebewesen die passenden Werkzeuge entwickeln, um das Problem zu lösen. Wenn es von Anfang an Sauerstoff gegeben hätte, hätten sie diese Möglichkeit nicht gehabt.«

»Verstanden. Aber wenn es keinen Sauerstoff gab – was gab es dann?«

»Stell dir das Szenario mal vor.« Carmen steht auf und breitet die Arme aus, als würde sie vor Laras Augen ein Bild malen. »Vor vier Milliarden Jahren bestand die Atmosphäre zum Großteil aus Ammoniak-, Methangas- und Wasserstoffwolken. Außerdem wurden die Sonnenstrahlen weniger stark gefiltert als heute, sodass viel mehr ultraviolettes Sonnenlicht auf die Erde fiel. Und es gab eine starke Vulkantätigkeit auf der Erde, sowohl auf dem Festland als auch in den Meeren, wodurch hochgiftige Stoffe freigesetzt wurden, wie Schwefel etwa, der nach faulen Eiern riecht. Dann noch die enorme elektrische Aktivität mit ihrer gewaltigen Strahlung!«

»Mann, das hört sich eher nach der Hölle an als nach der Erde! Wenn man so weit in die Vergangenheit reisen würde, würde man ja verpestet und gegrillt gleichzeitig.«

»In so einer Umgebung würde jedes Lebewesen innerhalb von kurzer Zeit sterben, das stimmt allerdings. Und trotzdem, so verrückt sich das anhört: Die Bedingungen waren ideal für bestimmte grundlegende chemische Reaktionen, die der Entstehung des Lebens vorausgingen. In dieser Landschaft formierten sich die ersten Zucker, die ersten Fette, die ersten Proteine und das erste Genmaterial – also die grundlegenden Moleküle jedes Organismus.«

»Und woher können wir das alles wissen, wo doch keiner dabei war?«

»Wissenschaftler haben im Labor, also in kontrollierter Umgebung, genau die Bedingungen nachgestellt, von denen man annimmt, dass es sie damals auf der Erde gab. Und weißt du, zu welchem Ergebnis sie jedes Mal wieder kamen? Dass nämlich unter genau diesen Umständen, durch bestimmte natürliche chemische Reaktionen, die durch das ultraviolette Licht, die Hitze der Vulkane und die Strahlung noch begünstigt wurden, spontan genau die Moleküle entstehen, von denen ich eben gesprochen habe und ohne die kein Leben möglich ist.«

»Spontan entstanden ... als gäbe es keine andere Möglichkeit. Man gebe alle Zutaten in einen Kochtopf«, Lara rudert mit den Armen im Kreis, als würde sie in einem großen Topf rühren, »rühre alles gut durch, und dann, sofern man sich genau an das Rezept gehalten hat, schwupp, hat man die passenden Legosteine, um die ersten Viecher zu bauen.«

»So ähnlich …«, sagt Carmen grinsend.

»Jetzt weiß ich auch, was du damit meintest, dass Leben nur unter sehr besonderen und ungewöhnlichen Umständen entstehen kann.«

»Ungewöhnlich ja, aber nicht unbedingt einzigartig.« Carmen wendet sich wieder Lara zu. »Die Erde der damaligen Zeit, wie ich sie dir eben beschrieben habe, ist nicht das einzig vorstellbare Szenario, in dem sich die für die Entstehung von Leben notwendigen Moleküle bilden können. Um auf unser Gespräch von vorhin zurückzukommen: Es ist genauso denkbar, dass manche dieser Moleküle im Weltraum entstanden sind, genauso spontan, zum Beispiel in gefrorenen, kohlenstoffhaltigen Meteoriten, die einer starken kosmischen Strahlung ausgesetzt waren.«

»Aber wenn das stimmt, dann müsste es doch an mehreren Orten im Universum Leben geben, oder? Ich meine, wenn es schon solche kosmischen ›Verteiler‹ gibt, die biologische Legosteine zu den Planeten transportieren können, wo sie dann weiterverwendet werden.«

»Was ich gerade erzählt habe, war nur der erste Schritt. Nur weil die notwendigen Bestandteile da sind, entsteht noch lange kein Leben, zumindest nicht in der Form, in der wir es heute kennen. Auf der Erde formierten sich die Moleküle nach ihrer Entstehung zu Gruppen, ebenfalls spontan, und kombinierten sich auf diese Weise miteinander. Dadurch wurden sie immer komplexer. Bis sie irgendwann so komplex waren, dass aus dem ›Molekülbläschen‹ das erste Lebewesen wurde, die erste Zelle, ein kleiner Zusammenschluss verschiedener Elemente, die untereinander agierten und zusam menwirkten und dadurch wie eine eigenständige Einheit funktionierten. Und dieser Prozess ist gar nicht so simpel.«

»Kann ich mir vorstellen. Aber wie dann aus einer solchen ›Molekülsuppe‹ etwas so Kompliziertes wie ein Tier oder eine Pflanze werden soll, ist mir ziemlich rätselhaft ...«

»Das ist auch so schnell noch nicht passiert. Die ersten Lebewesen waren so etwas Ähnliches wie Bakterien – und daraus ist ja nicht über Nacht der Mensch entstanden! Der Prozess ging sehr langsam vonstatten, ungeheuer langsam, und dazwischen lagen Milliarden Generationen anderer Lebewesen, Milliarden ›Erzeuger‹, die ›Kinder‹ bekamen, die dann wiederum Kinder bekamen und so weiter und so fort. Man weiß, dass die ersten Lebewesen auf der Erde vor etwa 3,8 bis 4 Milliarden Jahren lebten.«

»Das weiß man wahrscheinlich wegen der Fossilien, oder?«

»Ja. Die erhalten gebliebenen versteinerten Reste dieser Lebewesen erzählen, dass sie manchen heutigen Bakterien ähnelten und dass sie in Kolonien zusammenlebten.«

»Und was bewegte sie dazu, sich zusammenzutun?«

»Der Überlebenswille. Zusammenzuarbeiten muss Vorteile haben, sonst wären mehrzellige Organismen gar nicht erst entstanden. Tatsächlich weiß man, dass genau das sogar mehrfach geschah im Laufe der Evolution, und zwar unabhängig voneinander – mindestens 25 Mal!«

»Wow! Was lebt, muss sich also zusammentun, so oder so.«

»Scheint so. Unter den damaligen Umständen war ein Zusammenwirken der Zellen, also die Tendenz zur Mehrzelligkeit, klar von Vorteil.«

Als Lara versucht, ihre Position ein wenig zu verändern, bemerkt sie überrascht, dass ihr Körper sich anders anfühlt. Die Arme kommen ihr nicht mehr so schwer vor, als wären sie aus Blei. Sie fühlt sich nicht mehr so hundemüde wie gerade noch, und auch die Atmung hat sich stabilisiert. Außerdem verschwendet sie kaum noch einen Gedanken an ihren Zustand – angeregt von Carmens Worten läuft ihr Gehirn auf Hochtouren.

»Ist dir klar, was du da sagst? Das ist fantastisch! Das heißt ja, es war fast nicht zu vermeiden, dass auf der Erde komplexe Lebensformen entstehen. Genau das war das Schicksal unseres Planeten.« Sie senkt ein wenig die Stimme, als würde sie ein Geheimnis verraten. »Siehst du darin nicht auch eine Art göttliches Eingreifen? Diese ›Tendenz zur Mehrzelligkeit‹, wie du sie nennst, ist sie nicht der Beweis für eine höhere Macht, die alles steuert?«

»Wenn du Gott in der Natur sehen willst, fehlt es nicht an Gelegenheiten dazu, Lara. Das haben im Laufe der Jahrhunderte schon viele Menschen vor dir getan, da bist du nicht die Erste. Eigentlich neigten die Menschen immer schon dazu, jedes Mal, wenn sie sich einer Fragestellung gegenübersahen, die sie nicht beantworten konnten, das Loch mit der Göttlichkeit zu stopfen, die ihnen gerade am nächsten war. In diesem Fall aber gibt es, wie in allen anderen Fällen übrigens auch, eine rationale Erklärung für das Phänomen. Man muss einfach immer nur so lange Fragen stellen, bis man auf diese Erklärung stößt.«

»Ja? Kommt mir nicht so vor.«

Lara ist überzeugt von dem, was sie sagt. Sie war nie religiös, es gab einfach nie die Notwendigkeit dazu. In letzter Zeit aber hat sie durch ihre gesundheitlichen Probleme immer öfter über das Thema nachgedacht. Und gerade in dieser Nacht scheint ihr die Vorstellung eines Gottes, der sie auf der anderen Seite erwartet, seltsam attraktiv. Irrational, das schon auch. Eine stimmigere Beweisführung würde ihr entgegenkommen. Deshalb hat sie auch gleich angebissen, als sie die Chance auf eine bessere Erklärung witterte.

»Also«, meint Carmen und wägt ihre Worte sorgfältig ab. »Das
›Wunder‹ eines Organismus, der aus mehr als einer Zelle besteht,
lässt sich im Labor relativ leicht rekonstruieren. Hefepilze zum Beispiel, die aus nur einer Zelle bestehen, bilden, wenn man dafür
sorgt, dass sie bei der Fortpflanzung in Kontakt zueinander bleiben,
immer mehrzellige Gruppen, die wie ein eigenständiger Organismus agieren. Das beweist, dass der Grund dafür ein rein biochemischer ist: Kombiniert man die passenden Zutaten, wiederholt sich
immer wieder derselbe Prozess – einfach, weil er am effektivsten
ist.«

»Oh«, sagt Lara enttäuscht. Sie fühlt sich, als hätte man ihr mit
einem Ruck das Sicherheitsnetz unter den Füßen weggezogen.

Carmen nimmt ihre Hand und beugt sich zum Bett hin, sodass
sie ihr direkt in die Augen sehen kann.

»Ich glaube, du betrachtest das Ganze vom falschen Standpunkt
aus, Lara. Wenn du an eine Art übergeordnete Macht glauben
willst, steht die Wissenschaft dir dabei nicht im Weg. Das eine hat
mit dem anderen nichts zu tun. Das eine ist eine reine Glaubens-
sache, während die Wissenschaft mit Gewissheiten arbeitet, mit
Fakten und beweisbaren Tatsachen. Und andersherum lehrt uns
die Geschichte der Menschheit, dass es immer ein Rückschritt ist
zu versuchen, wissenschaftliche Tatsachen über den Glauben zu
erklären. Das sind Themen, die wir nicht vermischen sollten. Die
aber auch nicht unvereinbar sind. Solange sie sich nicht in die
Quere kommen, gibt es keine Probleme.«

»Wirklich? Glaubst du, ein Wissenschaftler könnte an Gott glauben?«

»Warum nicht? Viele tun das, ohne dass ihre Arbeit darunter leiden würde. Und genauso stören sich viele Gläubige aller Religionen
nicht an wissenschaftlichen Beweisführungen, sondern finden sie

ganz im Gegenteil faszinierend. Sie betrachten sie als Ergänzung zu ihrem Glauben.«

»Du hast wohl recht. Solange es gelingt, beides voneinander zu trennen ...«

Wenn das nur einfacher wäre, denkt sie. Wenn die Wissenschaft nur auf alle Fragen eine Antwort hätte oder die Religion nachprüfbare Beweise liefern könnte. Wenn das Universum nur nicht voll wäre von schwarzen Löchern, für die es noch keine Erklärung gibt. Gerade jetzt würde ihr die Gewissheit sehr gelegen kommen, die Welt, in der sie lebt, zu verstehen.

Laras Handy vibriert. Beide drehen sich um und starren es schweigend an.

»Eine neue Nachricht?«, fragt Carmen.

»Denke schon«, antwortet Lara und versucht, möglichst desinteressiert zu wirken.

»Um diese Uhrzeit?«

»Na ja, die Stadt ist voll mit Leuten, die nicht schlafen.«

»Du hast wohl Freunde, die unter Schlaflosigkeit leiden, hm?«

Lara weiß genau, welcher ihrer Freunde das ist, der einfach nicht aufhört, ihr Nachrichten zu schicken.

»Und offensichtlich auch welche, die sich Sorgen um dich machen.«

»Da kann ich mich ja glücklich schätzen«, sagt Lara bitter.

Carmen scheint erstaunt.

»Was stört dich daran? Findest du es nicht normal, dass die Leute, die dich mögen, mit dir leiden, wenn es dir schlecht geht?«

»Ich will aber nicht, dass sie wegen mir leiden, Carmen!« Lara hebt die Stimme. »Ich will nicht, dass sie mich mögen. Ich will gar nichts. Sie sollen mich einfach nur in Ruhe lassen, das ist alles.«

Carmen steht auf, geht schweigend ein paar Schritte und kommt dann an Laras Bett zurück. Ihre Stimme ist sanft und ruhig.

»Das sagst du jetzt, weil du wütend bist, aber du denkst nicht wirklich so.«

»Was weißt du schon?«

»Ich weiß, was dir im Kopf rumgeht, Lara. Und du weißt es auch, da kannst du dich noch so sehr selbst betrügen.«

Lara antwortet nicht.

Carmen lässt ein paar Sekunden verstreichen, bevor sie fortfährt.

»Soll ich dir das Handy geben? Dann siehst du, wer mitten in der Nacht an dich denkt.«

»Ich weiß sowieso, wer das ist«, sagt Lara mit schwacher Stimme. Carmen drängt sie nicht, es ihr zu sagen, und doch spürt Lara, dass sie es tun sollte.

»Gerardo.« Es kostet sie Mühe, seinen Namen auszusprechen. »So ein ... Junge aus der Klasse. Er zeichnet auch, und manchmal zeigen wir uns gegenseitig unsere Zeichnungen und reden und alles ... Er ist auch sehr neugierig, weißt du, ein bisschen wie ich.«

»Noch so ein Freak?«, meint Carmen ironisch, um ein bisschen Leichtigkeit in ihr Gespräch zu bringen. »Na siehst du, dann bist du doch nicht die Einzige.«

»Ja, ja, mach dich nur lustig über mich«, beschwert sich Lara.

»Mach ich gar nicht, im Gegenteil. Findest du es nicht toll, jemanden zum Reden zu haben, jemanden, mit dem du dich verstehst?«

»Es ist komplizierter.«

»Natürlich ist es das. Das Leben ist immer kompliziert.«

»Das kannst du laut sagen. Die Ursprungsmoleküle hätten wohl kaum gedacht, dass alles in so einem Zirkus enden würde!«

Carmen muss lachen.

»Aber einem extrem faszinierenden Zirkus, das musst du zugeben.«

»Kann sein – aber eben auch total undurchschaubar.«

»Eigentlich gar nicht so sehr. Dir fehlen zwar vielleicht ein paar Antworten, aber zumindest weißt du jetzt, dass alles mit ein paar ganz einfachen Reaktionen zwischen Molekülen begann – so kompliziert sich dann auch alles entwickelt haben mag. Damit müsstest du dich doch besser fühlen, wenn dir mal wieder bewusst wird, dass das Leben das perfekte Chaos ist, oder?«

»Zumindest passe ich jetzt wohl besser auf in Chemie.«

Beide lachen. Lara fällt auf, dass sie das erste Mal seit vielen Tagen in der Lage war, über die Zeit im Krankenhaus hinaus zu denken, über die unmittelbar erlebte Zeit hinaus. Einen Moment lang fühlte sie wie ein ganz normales Mädchen ihres Alters.

Carmen ist gut darin, ihr Mut zu machen. Lara gefällt dieses Spiel, und sie will noch ein wenig dabeibleiben.

»Wenn ich daran denke, fühle ich mich so unbedeutend ...«

»An was?«

»Daran, dass wir alle von diesen ursprünglichen Zellen abstammen und in einer Suppe aus stinkenden chemischen Elementen nach Freunden suchen ...«

»Eine ziemlich einzigartige Definition des Lebens!«

»Aber so ist es doch, oder?«

»Ja, alle heutigen Lebewesen und auch die bereits ausgestorbenen Arten stammen von einem einzigen Urvorfahren ab, der vor etwa 3,8 Milliarden Jahren lebte.«

»Du sagst das so bestimmt – dabei ist das doch ewig her. Können wir da wirklich so sicher sein?«

»Klar. Alle Lebewesen verfügen über dieselbe Art von Genmaterial, und sie nutzen es auch auf dieselbe Weise. Und auch die von ihnen erzeugten Proteine funktionieren auf dieselbe Weise. Das ist kein Zufall. Wenn die verschiedenen Arten unterschiedlichen Ursprungs wären, gäbe es sicher zahlreiche Varianten in so grundlegenden, für das Leben so existenziellen Dingen.«

»Und die gibt es nicht. Also müssen wir alle von demselben Lebewesen abstammen, einverstanden. Aber was war das für ein Vorfahr?«

»Das weiß man nicht so genau. Man weiß nur, dass er einem sehr einfachen Bakterium ähnelte. Er hat einen vorläufigen Namen bekommen: LUCA. Die Buchstaben stehen im Englischen für *last universal common ancestor*, letzter gemeinsamer Urvorfahr. Von LUCA stammen alle Arten von Lebewesen ab, die auf der Erde existieren, von den allereinfachsten bis zu den hochkomplexesten, von den klitzekleinsten bis zu den riesigsten, von den bekanntesten bis zu denen, die überhaupt noch nicht entdeckt wurden.«

»Und die Nachfahren von LUCA haben sich dann zusammengetan, um mehrzellige Organismen zu bilden.«

»Mehr oder weniger. Aber das war lange nach LUCAs ›Geburt‹. In der Zwischenzeit, vor etwa 2,7 Milliarden Jahren, schlossen sich mehrere Bakterien zusammen und bildeten größere, bis dahin unbekannte Zellen. Dabei entstanden Strukturen, deren gesamtes genetisches Material von einer Schutzhülle umgeben war – das bezeichnen wir heute als Zellkern. Die einst voneinander unabhängigen Bakterien wurden innerhalb dieser Riesenzelle zu Teilen eines Gesamtapparates und arbeiteten gemeinsam im Sinne der Einheit.«

»Diese größeren, komplexeren Zellen könnte man dann schon mit unseren Zellen vergleichen, richtig?«

»Ja. Diese neuen Zellen benötigten Sauerstoff zum Atmen, und Sauerstoff war zu der Zeit bereits reichlich vorhanden in der Atmosphäre. Im Laufe der Jahrtausende bildeten sich dann Protozoa, Algen, Pilze und schließlich Pflanzen und Tiere. Manche dieser Organismen bestehen nach wie vor aus nur einer Zelle, andere sind Vielzeller.«

»Wie diese Entwicklung abläuft, ist mir schon klar – aber das erklärt doch noch lange nicht, welche Kraft dahintersteckt, was Lebewesen eigentlich dazu antreibt, sich zu verändern, sich immer weiterzuentwickeln bis hin zu höchster Komplexität.«

»Du hast es gerade selbst gesagt.«

»Was?«

»Die Kraft. Du hast sie eben selbst benannt.«

Lara hebt eine Augenbraue. Carmen hilft ihr auf die Sprünge.

»Sie entwickeln sich. Entwicklung. Evolution.«

»Ach, klar, die Evolution!«

»Sie ist die treibende Kraft hinter jeder Veränderung. Immer wenn ein Organismus sich fortpflanzt, egal, wie klein oder groß er ist, gibt er sein Genmaterial an seine Nachkommen weiter. Oft schleichen sich dabei kleine Veränderungen in das Material ein, was es dann vom Original unterscheidet.«

»Das sind dann Mutationen«, sagt Lara, die sich nach und nach an das erinnert, was sie in der Schule über Evolution gelernt hat.

»Genau, diese Veränderungen werden als Mutationen bezeichnet. Sie können spontan auftreten oder infolge unterschiedlicher Prozesse, zum Beispiel durch ultraviolette Sonnenstrahlung. Manchmal sind solche spontanen Veränderungen nützlich, und die betroffenen Organismen führen ein besseres Leben dadurch und können somit auch mehr Kinder bekommen. Manchmal sind sie aber auch alles andere als hilfreich und verschwinden letztlich wieder. De facto geht es um dasselbe wie beim Pottwal und dem Riesenkalmar. Und dieser Prozess, der bewirkt, dass manche Organismen mehr Kinder haben als andere, heißt ...«

Lara antwortet, ohne nachzudenken:

»Natürliche Selektion!«

»Sehr gut. Und wer sie als Erstes beschrieben hat, weißt du auch, logisch.«

Mit leicht überheblichem Gesichtsausdruck fährt Lara fort:

»Logisch. Das war ein englischer Arzt und Naturforscher, Charles Darwin, in der Mitte des 19. Jahrhunderts. Er segelte um die ganze Welt und sammelte Daten von allen Lebewesen, die er im Laufe seiner Reise beobachtete.«

Carmen nickt.

»Und dank seiner Folgerungen und all der Daten, die auch nach ihm noch ermittelt wurden und seine Theorien bestätigten, wissen wir heute, dass sich Arten durch Mutationen und natürliche Selektion nach und nach weiterentwickeln und dass sich aus älteren Arten nach und nach neue Arten entwickeln.«

Lara ist zufrieden. Sie hat gerade herausgefunden, wozu das, was sie kürzlich in der Schule gelernt hat, gut war. Carmen hat ins Schwarze getroffen: Das Wunder des Lebens ist das perfekte Gesprächsthema für eine Nacht wie diese. Ein Thema, das komplex genug ist, um all die Dinge, die ihr Sorgen bereiten, wegzuwischen. Die Krankheit. Die Zukunft. Gerardo. Und es gefällt ihr, dass sie scheinbar besser vorbereitet ist auf das Gespräch, als sie gedacht hätte.

VIER

Mit einer raschen Handbewegung schiebt Lara die Elektroden-kabel beiseite, die verschlungen vor ihrer Brust lagern, und versucht, sich noch ein wenig mehr aufzurichten. Sie spürt, wie ihre Kräfte allmählich zurückkehren. Vielleicht, weil sie sich mitreißen lässt von Carmens Geschichten und sie das von ihren Problemen ablenkt. Was auch immer die Ursache dafür sein mag, ihr Gemütszustand ist jedenfalls dabei, sich zu verändern.

»Es gibt da noch etwas, das ich nicht verstehe ...«, beginnt sie, als sie eine bequeme Position gefunden hat.

»Sag«, ermuntert Carmen sie, ohne zu zögern.

»Wenn diese ursprüngliche ›Formel‹, dieser perfekte Mix aus bestimmten Elementen und Umweltbedingungen, dem Leben eine so optimale Grundlage bot – warum haben dann die meisten Lebewesen schließlich doch Sauerstoff benötigt, also eine Zutat, die es anfangs gar nicht gab?« Sie zuckt mit den Schultern. »Ist das nicht ein Widerspruch?«

»Könnte man meinen. Tatsächlich aber ist das eine direkte Konsequenz daraus, wie sich das Leben fortentwickelt hat – auch wenn eine Entwicklung in diese Richtung möglicherweise unvorhersehbar war, das will ich gar nicht bestreiten. Einige der ersten Organismen fanden heraus, wie sie mithilfe des Sonnenlichts die nötige Energie gewinnen konnten, um zu funktionieren. Durch diesen chemischen Prozess der Energiegewinnung aber entstehen Rückstände wie ...« Auf der Suche nach einem Beispiel sieht sich Carmen im Zimmer um, »wie die Abgase, die ein laufender Automotor ausstößt, zum Beispiel. Und was diese Bakterien als ›Abgase‹ ausstießen, war – Sauerstoff.«

»Ah! Genial!« Lara klatscht in die Hände. »Welche Ironie! Sauerstoff war erst mal nichts Lebensnotwendiges, sondern ein Abfallprodukt!«

»Und irgendwie ist er das noch immer – wenn auch ein Abfallprodukt, das unentbehrlich geworden ist. Anfangs wurde Sauerstoff von Bakterien erzeugt, heute machen das vor allem die Pflanzen. Auch sie bekommen Energie von der Sonne und erzeugen infolgedessen Sauerstoff.«

»Ach ja, genau«, unterbricht Lara. »Jetzt, wo du es sagst, weiß ich es wieder. Das habe ich schon oft gelesen. Die Wälder sind die grünen Lungen unserer Erde.«

»Das ist richtig.«

»Darum geht es auch bei der ganzen Sache mit dem Amazonas, stimmt's? Wenn wir einfach so Bäume fällen, ohne Plan, verlieren wir mit der Zeit unsere ›Sauerstofffabriken‹. Auf gewisse Art sind wir abhängig von den Bäumen. Traurig, dass die Leute das nicht kapieren, hm?«

»Ja, das ist es wirklich. Aber was willst du? Das liegt wohl in der Natur des Menschen, schätze ich.«

»Manchmal machen Leute im Namen des Fortschritts Riesendummheiten, die ihnen am Ende nur selbst schaden …«

Carmen nickt. Dann steht sie auf und schreitet bedächtig im Raum auf und ab, als würde sie nach einem Anhaltspunkt suchen, der ihr sagt, wie es weitergeht. Lara sieht ihr schweigend zu. Ihr geht immer noch durch den Kopf, dass die ganze Komplexität jeder menschlichen Gesellschaft von etwas so Simplem abhängt wie einer Pflanze. Ohne Pflanzen ginge gar nichts, und trotzdem behandeln wir sie nicht viel besser als Abfallprodukte. Oder bestenfalls als Teil einer pittoresken Landschaft, mit der wir machen können, was wir wollen.

Dann bleibt Carmen stehen und tritt wieder an Laras Bett heran.

»Das Leben ist ein so beeindruckendes Phänomen, egal, ob man es durchs Mikroskop betrachtet oder vom Weltraum aus, ob es unsichtbar ist oder die Größe eines Planeten hat. Nur leider haben die Menschen immer schon eine ziemlich arrogante Haltung ihm gegenüber an den Tag gelegt – als wären alle anderen Lebewesen nur dazu da, ihnen zu Diensten zu sein. Aber so ist es nicht, so ist es überhaupt nicht.«

»Natürlich nicht, das ist mir doch klar. Wir alle sind wichtig, alle Lebewesen, genau wie du es vorhin gesagt hast. Und das stimmt ja auch.«

»Die Erde ist ja nicht Eigentum der Säugetiere oder der Wirbeltiere oder ganz allgemein der Tiere und damit auch der Menschen. Nur hat der Mensch den enormen Vorteil, dass er es verstand, sich anzupassen an die unterschiedlichen Lebensräume der Erde. Er verändert seine Lebensräume sogar, je nach Laune oder auch nach Notwendigkeit.«

Lara runzelt die Stirn.

»So wie du das sagst, klingt es irgendwie komisch ...«

»Nein. Es sollte eigentlich etwas Gutes sein, kann aber auch zum Problem werden. Vor allem der Missbrauch, den die menschliche Spezies an den natürlichen Ressourcen des Planeten betreibt, kann eines Tages zum Kollaps führen. Viele dieser Ressourcen können irgendwann aufgebraucht sein, weißt du.«

»Sauerstoff aber nicht, oder?«

»Wenn nicht alle Pflanzen zugrunde gehen, nicht – zum Glück. Problematischer sind die nicht erneuerbaren Rohstoffe wie Erdöl, Uran oder Kohle.«

»Und wenn die aufgebraucht sind, ist der Ofen aus!«

Laras Vehemenz bringt Carmen zum Lachen.

»Ja, dann ist der Ofen aus. Dann müssen sie andere Lösungen finden. Von den technischen Möglichkeiten, Leben auf andere bewohnbare Planeten zu bringen, sind wir noch weit entfernt – wenn das überhaupt eines Tages möglich sein sollte. Im Moment gibt es nur einen Planeten, auf dem wir leben können, und die Weltbevölkerung nähert sich acht Milliarden Menschen an.«

»Das sagt meine Oma auch immer, dass wir bald nicht mehr alle auf die Erde passen ...«

»So bald wird das wohl noch nicht passieren, aber wenn die Entwicklung in dem Tempo weitergeht, werden wir früher oder später vor ernsthaften Problemen stehen, darin ist die Welt sich einig.«

Unweigerlich fühlt Lara sich ganz klein. Einer von acht Milliarden Menschen ... Wie bedeutend ist sie überhaupt? Was macht es schon aus, ob sie lebt oder stirbt? Die Menschheit wird weiter ihren Weg gehen, mit ihr oder ohne sie. Nicht mehr als eine Zelle in einem riesigen Körper ist sie – weder unentbehrlich noch für irgendetwas wirklich notwendig. Vielleicht ist sie ja sogar eher eine Last für die Erde, ein Hindernis ...

»Sag doch nicht solche Sachen: Du bist doch kein Hindernis«, unterbricht Carmen sie. »Weder du noch sonst jemand, der ein Teil des Ganzen ist und weiß, wo sein Platz ist, darf sich als Hindernis betrachten.«

Hatte Lara den letzten Satz laut gesagt? Wenn, dann jedenfalls nicht bewusst. Sie schämt sich, diesen Gedanken mit Carmen geteilt zu haben, das war nicht ihre Absicht.

»Mhm ...«, meint sie wenig überzeugt. »Es ist nur: Ich bin so unbedeutend, wenn du mal drüber nachdenkst. Ich liege hier, eingesperrt in einem Krankenhaus, ohne zu wissen, ob ich jemals wieder herauskomme, während sich draußen die Erde einfach weiterdreht und ihren Weg geht. Mein Drama hat überhaupt keine Bedeutung.«

»Aber du bist eines von vielen einzelnen Teilen, genau wie jedes andere Teil auch, und du bist genauso wichtig wie jedes andere einzelne Teil auch.« Carmen tritt näher ans Bett heran und nimmt Laras Hand. »Es kommt ganz darauf an, wie du die Sache betrachtest. Aus der Perspektive der Menschheit gesehen, ist ein einzelner Mensch natürlich gar nichts, das stimmt. Aber jetzt geh mal einen Schritt weiter: Aus Sicht des Planeten Erde ist die gesamte Menschheit rein gar nichts!«

»Ach komm, jetzt übertreib nicht. So viele Millionen müssen doch ins Gewicht fallen.«

»Weniger, als du denkst. Die ersten Menschen unserer Art sind erst vor etwa zweihunderttausend Jahren auf der Erde aufgetaucht, und erst seit etwa sechzigtausend Jahren gibt es überhaupt den Menschen, so wie er heute ist. Und dabei ist die Erde 4,5 Milliarden Jahre alt! Aus dieser Perspektive gesehen, schrumpft die Bedeutung des Menschen doch gleich gewaltig zusammen, findest du nicht?«

»Doch ...«, stimmt Lara zu.

»Und es geht noch weiter: Mikroorganismen waren lange vor den Menschen hier, und sie werden auch immer noch hier sein, wenn der letzte Mensch längst verschwunden ist. Vergiss nicht, dass Mikroben die am besten an die Bedingungen der Erde angepassten Lebewesen sind, diejenigen, die am wenigsten von klimatischen Veränderungen oder Meteoriteneinschlägen zu befürchten haben, durch die etwa die Dinosaurier ausgelöscht wurden. Manchen Mikroben kann nicht mal die gefährliche Strahlung der Atomenergie etwas anhaben! So wie sie leben und sich fortpflanzen, können sie sich in jedem denkbaren Lebensraum und in jedem Ökosystem ansiedeln, von den höchsten Berggipfeln über die eisigsten Seen unter dem antarktischen Eis, über die trockensten und heißesten Wüsten, über Tiefseegräben bis hin zu den Wolken. Eigentlich gehört ihnen die Erde, das habe ich vorhin ganz ernst gemeint. Im Vergleich zur Mikrobe ist der anfällige Mensch ein Witz.«

»Okay, du hast gewonnen«, sagt Lara und lässt die Arme sinken. »Wir sind ein jämmerlicher Fliegenschiss. Ein eitriger Pickel im Hintern eines blauen Planeten. Eines Tages macht es Bum, und es wird keine Rede mehr sein von uns.«

Die beiden müssen lauthals lachen, was bei Lara einen Hustenanfall auslöst. Carmen reicht ihr das Wasserglas vom Nachttisch und hilft ihr, ein paar Schlucke zu trinken. Sie streicht ihr übers Haar, bis die Atmung sich beruhigt hat.

»Ich wollte, dass du genau das verstehst«, sagt Carmen. »Jedes lebendige Wesen für sich ist fantastisch, und wenn man sie als Einheit betrachtet, sind sie sogar noch fantastischer. Alles ist miteinander verbunden, alles hängt voneinander ab, ob es nun um Zellen geht, um einzelne Organismen oder um ganze Ökosysteme. Und was macht es schon aus, wenn der Einzelne nicht unentbehrlich ist? In tausend Jahren wird sich niemand mehr an dich erinnern – okay. Nur existiert möglicherweise in hunderttausend Jahren die ganze Menschheit nicht mehr – und ist sie deshalb vielleicht weniger spektakulär? Heißt das etwa, dass dein Körper«, sie tippt mit dem Zeigefinger auf Laras Brust, »deshalb weniger faszinierend ist?«

»Nein.«

»Natürlich nicht. Je nach Betrachtungsweise ist der menschliche Körper zwar anfälliger als ein Bakterium – aber das schmälert doch nicht seinen Wert. Genauso wenig wie die Tatsache, dass die Menschheit auch ohne dich weiterexistiert, deiner Existenz etwas von ihrer Bedeutung nimmt.«

»Alles hängt davon ab, aus welcher Perspektive man es betrachtet.«

»Genau. Deshalb darfst du auch deine Perspektive nicht aus den Augen verlieren, auch dann nicht, wenn dir alles gerade ganz düster vorkommt.«

»Okay. Mal sehen, wie ich das hinbekomme …« Sie räuspert sich theatralisch. »Obwohl ich mit einem Fuß im Grabe stehe, bin ich der Hammer!«

»Jawoll!«, ermutigt sie Carmen. »Sei dir deiner eigenen Bedeutung bewusst, Lara, und hör nie auf, die Bedeutung des Ganzen zu sehen.«

»Die Menschheit.«

»Und der Planet, Gaia, das große, einzigartige, unwiederbringliche Wesen. Nimm es ernst, dass unser wertvoller Planet behütet werden muss, du und alle anderen müssen das ernst nehmen.«

»Das weiß ich, davon musst du mich nicht überzeugen. Ich hab sogar einen Greenpeace-Ausweis …«, Lara sieht sich im Zimmer um, »… wo auch immer meine Klamotten jetzt sind.«

»Gut, dass du dieses Bewusstsein hast. Jeder sollte das haben. Wenn sich die Konzentration der Gase, die die Atmosphäre bilden, verändert, wird es trotzdem immer Bakterien geben, denen das nichts ausmacht. Und auch wenn sich der Salz- oder der Säuregehalt des Meerwassers oder sein Härtegrad verändern, werden sich einige Bakterien daran anpassen. Der Mensch aber … Die menschliche Spezies ist angreifbar, sie ist einfach nur eine Art unter Millionen anderen, die auf der Erde entstanden sind und sich weiterentwickelt haben, das ist alles.«

»Es wäre schon toll, wenn wir noch ein paar Tausend Jahre weiter auf der Erde leben könnten, auch wenn weder du noch ich dann noch dabei wären.«

»Das wird nur gelingen, wenn die Menschen begreifen, dass sie nicht beliebig über die natürlichen Ressourcen verfügen können. Es ist wie im Supermarkt: Ist eine Ware aus, muss neue Ware nachgefüllt werden, und es muss sichergestellt sein, dass die Lieferanten über die notwendigen Werkzeuge und Rohstoffe verfügen, damit die Waren auch nachproduziert werden können. Und mit den ›Produkten‹ der Erde muss genauso verfahren werden, schließlich sind wir Menschen davon abhängig.«

»Aber können wir denn immer ›auffüllen‹, was wir verbrauchen? Kommt nicht unweigerlich irgendwann der Moment, an dem eines der für unser Leben ganz wesentlichen Dinge aufgebraucht sein wird?«

»Nicht, wenn wir umsichtig damit umgehen. Fachleute sind der Ansicht, dass es mit dem Leben auf der Erde mit großer Wahrscheinlichkeit in ungefähr 500 Milliarden Jahren vorbei sein wird, dann nämlich, wenn die Sonne erlischt. Und erlöschen wird sie auf jeden Fall. Nämlich dann, wenn sie nicht mehr genügend Wasserstoffatome hat, um zu fusionieren und diese Wasserstoffatome in Heliumatome umzuwandeln – ein scheinbar simpler Vorgang, der aber gewaltige Energien in Form von Licht und Hitze freisetzt. Wenn es so weit ist, wird sich die Sonne ausdehnen, was sich wiederum auswirken wird auf die ihr nächstgelegenen Planeten, darunter auch auf die Erde.«

»Hübsch, nicht?«, meint Lara sarkastisch. »Eine riesige Sonne, die die kleine Erde frisst. Wie schade, dass wir das nicht mehr miterleben dürfen. Dann wird es wohl wirklich nur noch Bakterien geben.«

»Ganz bestimmt nicht – außer sie verschaffen sich eine Fluchtmöglichkeit.«

»Wie – meinst du, sie bauen sich Raumschiffe und machen sich damit aus dem Staub?«

»Sie nicht, aber vielleicht die Menschen, und die Bakterien sind dann als blinde Passagiere mit an Bord und landen überall dort, wo auch unsere Raumschiffe landen; wir werden sie einfach nicht los. Das funktioniert aber nur, solange sich die Biosphäre innerhalb gewisser Parameter bewegt, die für menschliches Leben geeignet sind, und wenn sie die Menschheit so lange am Leben erhält, bis sie eine Möglichkeit gefunden hat, sich in der Galaxie auszubreiten.«

»Ich habe nicht das Gefühl, dass wir so lange durchhalten werden, wenn wir nicht eine nachhaltigere Lebensform finden.«

»Da hast du recht. Wir brauchen eine mehr oder weniger unverschmutzte Atmosphäre und eine ebensolche Hydrosphäre, und zwar mit ausreichend großen Wäldern, die zusammen mit den Meerespflanzen und dem Phytoplankton die Erde mit Sauerstoff versorgen. Trinkwasser muss für jeden zugänglich sein, und die Wüsten sollten sich auch nicht allzu schnell ausbreiten ...«

»Uff, so gesehen haben wir eine Menge zu tun – all das droht doch zu verschwinden.«

»Ja, aber du kannst deinen Teil dazu beitragen, so wie jeder Einzelne das kann. Jeder noch so kleine Beitrag zählt.«

»Ja, klar ...«, stimmt Lara ihr nachdenklich zu, »jeder noch so kleine Beitrag ...«

»Deshalb sind auch alle Menschen, die auf der Erde leben, von Bedeutung. Jeder Einzelne trägt das Schicksal der Menschheit in seinen Händen. Auch wenn einer alleine scheinbar nichts ausrichten kann – als Teil des Ganzen ist seine Macht immens.«

Eine immense Macht, *das würde mir schon gefallen*, denkt Lara. Dabei fühlt sie sich im Moment ziemlich hilflos, ziemlich unfähig, etwas zu tun, das ihr Umfeld ändern könnte.

Allerdings fühlt sie sich durch Carmens Worte schon etwas weniger unbedeutend als zuvor. Sie ist Teil einer Gemeinschaft von Lebewesen, die eine Menge Dinge miteinander teilen. Allein ist sie nichts, aber als Mitglied der Gruppe hat ihr Leben ein Ziel. Irgendwie fühlt sie sich jetzt schuldig wegen ihrer Bemühungen der letzten Zeit, sich von allem abzukapseln.

Es ist nicht das erste Mal, dass sie solche Zweifel hegt. Bis jetzt aber hat sie immer eine Rechtfertigung dafür gefunden, die Mauer zwischen sich und dem Rest der Welt weiter aufzubauen. Es schien einfach das Folgerichtigste zu sein, das Sicherste. Und zwar für alle. Und vor allem für sie. Aber vielleicht stimmte das gar nicht.

Das blinkende Licht an ihrem Handy erinnert sie an all die Nachrichten von Gerardo, die immer noch unbeantwortet sind. Sie wendet sich ab.

II

»Du sprichst von der Erde, als wäre sie etwas Einzigartiges, nicht Wiederholbares«, sagt Lara und denkt dabei immer noch an dieses so besondere »Ganze«, von dem auch sie ein Teil ist. »Glaubst du nicht, dass es noch anderswo im Universum Leben gibt? Bis jetzt haben wir vom Leben immer nur von unserem Standpunkt aus gesprochen, vom Leben, wie wir es hier kennen. Aber es könnte doch sein, dass wir nicht allein sind ...«

»Statistisch gesehen, ist es sogar fast gewiss, dass wir nicht allein sind im Universum. Wenn auf der Erde Leben entstanden ist, muss es eigentlich auch anderswo passende Bedingungen geben. Theoretisch könnten solche Bedingungen auf Tausenden oder sogar Millionen von Planeten vorhanden sein – und dann ist es nur noch eine Frage der Zeit und der passenden Gelegenheit. Zeit hat das Universum im Überfluss, passende Gelegenheiten auch. Es existieren ja ganz viele Sonnensysteme wie unseres!«

»Okay, nur hilft uns das ja nicht wirklich weiter. Ich meine, wenn man überlegt, wie groß das Universum sein muss, bringt es uns doch eher wenig, wenn es am anderen Ende auch Leben gibt. Wir könnten ja nie Kontakt aufnehmen. Und die Wahrscheinlichkeit, dass das Leben gleich zweimal im selben Eck des Universums vorbeischaut, ist vermutlich ziemlich gering.«

»Vielleicht auch nicht, wer weiß. Fakt ist jedenfalls, dass bis heute kein Lebewesen außerhalb der Erde gefunden wurde.«

»Auch kein Lebewesen von außerhalb, das auf der Erde gelandet ist?«

»Ufos meinst du? Außerirdische zu Besuch auf der Erde?«

»Ja. Glaubst du, all die Geschichten, die man sich so erzählt, sind erfunden? Es gibt doch eine Menge Leute, die von kleinen grünen Männchen berichten, die sie auf eine Spazierfahrt mit ihrem Raumschiff eingeladen haben.«

»Na ja, die menschliche Vorstellungskraft lässt sich eben nicht so einfach im Zaum halten …«, sagt Carmen schmunzelnd. »Aber wenn sich diese Leute mal vor Augen halten würden, wie riesig das Universum ist und wie unwahrscheinlich es ist, dass genau auf unserem Planeten Außerirdische landen, dann würden sie vielleicht andere Erklärungen für ihre berühmten Ufos suchen, die sie meinen gesehen zu haben.«

»Dann glaubst du also nicht, dass es geheime Treffen mit Außerirdischen gibt und eine Verschwörung der amerikanischen Regierung, um das alles geheim zu halten?«

»Glaubst du das denn?«

Lara zögert, bevor sie antwortet.

»Stimmt schon«, gesteht sie zähneknirschend ein, »es ist nicht gerade logisch, wenn man ein bisschen Ahnung von Physik und Biologie hat.«

»Genau. Die Gesetze der Physik besagen, dass sich ein Körper in unserem Universum nicht schneller als mit Lichtgeschwindigkeit fortbewegen kann – und wenn er sich noch so anstrengt. Und selbst wenn man sich sehr stark an diese Maximalgeschwindigkeit annähern würde, würde es immer noch Jahrhunderte dauern, bis man die Distanz zwischen den Sternen überwunden hätte. Keines dieser ›Treffen‹ konnte je bewiesen werden, Lara, und das aus gutem Grund. Hier ist mehr Fantasie im Spiel, als es vertrauenswürdige Daten gibt. Sollten wir wirklich je auf Zeichen von intelligentem Leben stoßen – und das wäre schon viel –, dann wäre die Zivilisation, die uns diese Zeichen gesendet hätte, mit Sicherheit so weit entfernt, dass es ziemlich schwierig wäre, ein Treffen von Angesicht zu Angesicht zu organisieren.«

»Es sind aber auch noch nicht viele Planeten erforscht worden. Kann doch sein, dass in irgendeinem gar nicht so weit entfernten

Winkel kleine intelligente Wesen auf fliegenden Untertassen unterwegs sind …«

»Tatsächlich wurden bislang nur zum Mars Raumsonden entsandt, mit dem Ziel, den Planeten eingehender zu erforschen. Wie außerirdisches Leben aussehen könnte, damit wir wissen, wonach wir überhaupt suchen sollen – darüber können wir momentan im Grunde nur Vermutungen anstellen. Nur: Bevor man gleich an hochentwickelte außerirdische Zivilisationen denkt, sollte man vielleicht etwas weiter unten auf der Skala beginnen und den Fokus eher auf einzellige Organismen legen – auch die hat man bislang nämlich an keinem der bisher inspizierten Orte gefunden. Immerhin aber ist offenbar klar, dass es vor drei Milliarden Jahren flüssiges Wasser auf dem Mars gab …«

»Und dass es deshalb Leben gegeben haben könnte – die Lektion hab ich gelernt! Und könnten die Organismen auf dem Mars denen auf der Erde irgendwie ähnlich gewesen sein?«

»Die Vorstellung davon, wie außerirdisches Leben aussehen könnte, orientiert sich ja zwangsläufig an den Lebewesen, die wir kennen. Was ich sagen will: Wenn wir nur die Lebensformen vor Augen haben, die in unserer Reichweite liegen, wie Pflanzen oder Tiere, dann wird es wahrscheinlich schwierig, außerirdisches Leben zu finden – immerhin bräuchte es einen Planeten, der der Erde ziemlich nahekommt, damit dort ähnliche Lebensformen heimisch sein könnten, wie wir sie von der Erde kennen. Er müsste eine sauerstoffhaltige Atmosphäre haben, über flüssiges Wasser auf seiner Oberfläche verfügen, dürfte weder zu nah noch zu weit entfernt von seinem Stern sein, damit es weder zu heiß noch zu kalt wäre, dürfte weder zu groß noch zu klein sein – denn wenn er zu groß wäre, würde die Schwerkraft das Leben ziemlich kompliziert machen, und wenn er zu klein wäre, würde die Schwerkraft nicht ausreichen, um die Gase der Atmosphäre zu halten, und sie würden sich verflüchtigen und so weiter.«

»Und das ist praktisch unmöglich ...«

»Nein, im Gegenteil. Bis jetzt hat man zwar noch keinen Planeten gefunden, der genau wie die Erde ist, aber trotzdem gibt es in unserer Galaxie und im gesamten Universum ganz sicher viele solcher Planeten. Damit sind wir wieder beim Thema passende Gelegenheit. Der Mars ist der Erde gar nicht so unähnlich, nur fehlt ihm der Sauerstoff in der Atmosphäre. Wenn es dort einmal Leben gegeben haben sollte, dann also wahrscheinlich in anderer Form, als wir es von unseren Bakterien hier kennen.«

Das Thema Leben auf anderen Planeten hat Lara schon immer fasziniert. Sie hat viel darüber gelesen in den letzten Jahren, deshalb sind ihr Carmens Argumente sehr vertraut. Trotzdem würde ihr die Vorstellung gut gefallen, dass es irgendwo in nicht allzu großer Entfernung einen Organismus gäbe, der ein bisschen wäre wie sie, der wegen derselben Dinge leiden und dieselben Dinge mögen würde, der sich auf ähnliche Weise mit seinesgleichen auseinandersetzen und sich genau wie sie all diese Fragen stellen würde.

»Aber auf der Erde gibt es doch auch Lebewesen, die in völlig abgefahrenen Umgebungen leben«, sagt Lara, »das hast du vorhin selbst gesagt. Also könnten woanders doch genauso gut Lebensformen existieren, wie es sie auch an ungewöhnlichen Orten auf der Erde gibt – das Leben anderswo muss ja gar nicht genauso aussehen, wie wir es kennen.«

»Klar, so >abgefahrene< Umgebungen sind natürlich viel einfacher zu finden auf anderen Planeten. Aber so widerstandsfähige Lebewesen wie die, von denen du jetzt sprichst, sind sehr einfach gebaut, so wie Bakterien ungefähr. Stell dir jetzt bloß nicht irgendwelche kleinen grünen Männchen vor, die sich bestens darauf eingestellt haben, mit der eisigen Kälte im Weltall klarzukommen. Solche Lebensformen werden als ›Extremophile‹ bezeichnet – weil sie eben an Orten leben, deren Bedingungen extrem sind.«

»Vorhin meintest du, man kann solche Lebewesen auch in Geysiren finden.«

»Ja. Sie halten Temperaturen von nahezu hundert Grad Celsius stand, und dabei stehen ihnen Schwefelmoleküle als einzige Energiequelle zur Verfügung. Manche überleben an Orten, die so salzhaltig sind, dass dort kein anderer Organismus lange durchhalten würde. Andere kann man an Orten finden, an denen Giftstoffe vorkommen, zum Beispiel Arsen. Und weil sie sich an die Gegebenheiten angepasst haben, können sie alle auch problemlos dort leben und sich fortpflanzen. Bei all den unterschiedlichen Bedingungen aber findet sich in den wesentlichen Molekülen aller bekannten Lebewesen immer ein ganz besonderes Atom. Ohne dieses Atom würde es wohl kaum Leben geben ...«

Lara macht ein überraschtes Gesicht.

»Und das soll ich jetzt erraten?«

»Ich bin sicher, dass du es ganz gut kennst. Weißt du, woraus Bleistiftminen bestehen?«

»Aus Grafit, oder? Grafit soll lebenswichtig sein?«

»Nein – Grafit ist nichts anderes als Kohlenstoff, genau wie ein Diamant auch. Nur sind die Kohlenstoffatome in einem Diamanten anders miteinander verbunden als in Grafit und bilden deshalb unterschiedliche Kristalle. Aus dem Grund unterscheiden sich Grafit und Diamanten auch so stark voneinander, obwohl sie eigentlich aus dem gleichen Bauteil zusammengesetzt sind. Diamanten werden im Lauf der Zeit ja auch zu Grafit. Kohlenstoff ist dieser wesentliche Bestandteil von Lebewesen, den ich gerade meinte.«

»Kohlenstoff, stimmt, das wusste ich. Schon seltsam, dass alle

Lebensformen, so unterschiedlich sie auch sein mögen, auf derselben Grundlage aufgebaut sind.«

»Ja, verrückt, nicht? Aber noch verrückter ist doch, dass alle Materie des Universums aus gerade mal knapp hundert verschiedenen Atomarten besteht und dass manche Atome außerdem nur in ganz geringen Anteilen vorkommen. Noch dazu lassen sich diese unterschiedlichen Atome bei der Bildung von Molekülen nicht unendlich miteinander kombinieren, wie man vielleicht meinen könnte, die Kombinationsmöglichkeiten sind ganz im Gegenteil begrenzt. Sehr begrenzt. Nicht jedes Atom kann mit einem anderen Kollegen zusammenarbeiten: Es gibt nur ein paar physikalisch erlaubte Verbindungen, alle anderen funktionieren nicht.«

»Und hier kommt jetzt der Kohlenstoff ins Spiel, stimmt's?«

»Genau. Kohlenstoff ist deshalb so nützlich, weil sich seine Atome zu langen und weitverzweigten Ketten zusammenschließen können. Dadurch können sich ganz viele unterschiedliche, komplexe Moleküle bilden. Gleichzeitig kann sich Kohlenstoff mit anderen chemischen Elementen verbinden, darunter Wasserstoff, Sauerstoff, Stickstoff, Phosphor und Schwefel. In diesen Verbindungen können große Mengen Energie gespeichert werden. Sobald sich die Verbindungen wieder lösen, wird diese Energie freigesetzt. Das macht sie zu fantastischen Energiespeichern, die von Organismen für ihre Lebensfunktionen genutzt werden können. Durch diese besondere Eigenschaft des Kohlenstoffs kann eine immense Vielfalt an Molekülen entstehen, sämtliche Proteine, Zucker und Fette zum Beispiel, aber auch das Genmaterial.«

»Und es gibt kein anderes Atom, das genauso funktioniert? Das eine Grundlage für andere Lebensformen sein könnte?«

»Es gibt tatsächlich noch ein anderes Atom, das Ähnliches leisten kann, nur funktioniert es nicht so gut: Silizium.«

Lara wirkt aufgeregt.

»Dann könnte es doch auf anderen Planeten Lebensformen geben, die Silizium statt Kohlenstoff verwenden!«

»Theoretisch schon, nur ist das aus verschiedenen Gründen recht unwahrscheinlich.«

»Ach Mann, jetzt hast du meine schöne Geschichte kaputt gemacht ...«, meint Lara enttäuscht.

»Was hast du denn gedacht? Dass man eines Tages auf sprechende Steine stoßen würde?« Die beiden lachen. »Nein, das ist kaum denkbar. Zuerst mal sind Siliziumatome größer als Kohlenstoffatome – die Moleküle wären also schwerer. Der Hauptgrund aber ist, dass Silizium viel leichter Kristalle bildet als Kohlenstoff, und aus Kristallen können nicht so komplexe Moleküle entstehen, wie sie von den unterschiedlichen Lebensformen benötigt werden.«

»Aber du hast doch gerade gesagt, dass Kohlenstoff auch Kristalle bilden kann!«

»Schon, aber er kristallisiert nur unter ganz speziellen Bedingungen: unter hohem Druck, etwa vierzig bis sechzig Mal höher als der Luftdruck, und bei Temperaturen zwischen ungefähr 900 und 1300 Grad Celsius.«

»Verstehe. Das kommt ja nicht so häufig vor.«

»Nee, sonst würden hier auch überall Diamanten herumliegen. Auf der Erde gibt es solche Bedingungen nur an zwei Orten: unter der Erdkruste, tief im Erdinneren, und dort, wo ein Meteorit eingeschlagen hat. Siliziumkristalle können sich dagegen auch unter weniger beschwerlichen Bedingungen bilden.«

»Also ist Silizium zu rein gar nichts zu gebrauchen.«

»Na ja, es gibt schon einige Lebewesen, die Silizium nutzen. In den Stielen und Blättern mancher Pflanzen kommen zum Beispiel Siliziumdioxidkristalle vor, die mit giftigen Substanzen bedeckt sind. So will die Pflanze verhindern, dass sie gefressen wird. Beißt ein Tier in ein Blatt oder den Stiel, jucken es die Kristalle nämlich an der Zunge, und die giftigen Substanzen bereiten ihm Unwohlsein. Daran erinnert sich das Tier später und frisst künftig keine Blätter dieser Pflanze mehr.«

»Okay, aber abgesehen davon bringt Silizium ja eher wenig. Also müssen wir uns wohl doch auf Kohlenstoff beschränken. Nur haben wir vermutlich schlechte Karten, wenn wir andere Lebewesen finden wollen, die Kohlenstoff verwenden.«

»So unwahrscheinlich ist das gar nicht. Überleg mal, wie groß das Universum ist. Und Kohlenstoff gibt es haufenweise. Kann schon sein, dass es Leben auf einer ganzen Reihe von Planeten gibt, sogar in unserem Sonnensystem.«

»Hier?«, meint Lara. »Ach so, warte mal. Du meinst wahrscheinlich Bakterien und anderes Mikrobenzeug ...«

»Fängst du schon wieder an, so abschätzig über sie zu sprechen?«, schimpft Carmen. »Mikroorganismen sind auch Lebewesen!«

»Oh ja, Verzeihung, ich wollte die Ärmsten nicht beleidigen.« Lara legt die Hände um den Mund, als würde sie durch ein Megafon sprechen. »Verzeiht, ihr Bakterien des Universums. Es lag nicht in meiner Absicht, euch zu beleidigen.«

»Schon besser«, sagt Carmen. »Sollte man eines Tages auf Leben außerhalb der Erde stoßen, so handelt es sich höchstwahrscheinlich um bakterienähnliche Organismen. Komplexere Lebewesen wird man kaum finden, das müssen wir einfach hinnehmen.«

»Also gut, kommen wir zum Kern der Sache: Eigentlich sagst du doch, dass du nicht glaubst – bei allem Respekt für die armen Bakterien –, dass wir jemals auf intelligentes Leben stoßen werden.«

»Man soll ja niemals nie sagen ... aber das ist wirklich ein ziemlich schwieriges Unterfangen. Nicht nur, dass die Umgebung ganz schön speziell beschaffen sein muss – diese idealen Bedingungen müssen ja auch noch über einen genügend langen Zeitraum existieren, damit die Evolution einigermaßen komplexe Organismen hervorbringen kann und ein paar davon auch noch eine gewisse Intelligenz aufweisen. Stell dir mal vor, genau das hätte sich vor Milliarden Jahren in irgendeinem abgelegenen Winkel der Galaxie abgespielt – dann existieren diese intelligenten Wesen heute vielleicht gar nicht mehr.«

»Wenn das solche Trottel wie wir waren, hatten sie ja Zeit genug, sich selbst auszurotten.«

»Oder umgekehrt: Es könnte auch Planeten geben, auf denen sich der ganze Prozess erst in Milliarden von Jahren abspielt – und dann gibt es vielleicht die Menschen gar nicht mehr. Und selbst wenn wir uns zeitlich überschneiden sollten, sind sie vielleicht so weit entfernt, dass wir sie niemals finden können ...«

»Es gibt aber doch Antennen, die auf die Sterne gerichtet sind, um außerirdische Signale zu empfangen, das habe ich in einem Film gesehen. Wie hieß das noch gleich ...?«

»Das ist ein Projekt der NASA: SETI, Search for Extraterrestrial Intelligence.«

»SETI, genau.«

»Bis jetzt haben sie nichts gefunden ... Aber das meinte ich ja eben: Wenn man eines Tages auf außerirdisches Leben stößt, dann werden das höchstwahrscheinlich mikroskopisch kleine Lebensformen sein.«

»Ich fasse zusammen: Praktisch gesehen, sind wir allein«, sagt Lara deprimiert.

»Sieht ganz so aus. Oder auch nicht, je nachdem, wie man es

sieht: Eine Ameise, die in New York zu Hause ist, wird wohl nie in Kontakt mit einer Fliege treten, die in Shanghai herumschwirrt. Das heißt aber noch lange nicht, dass die beiden nicht auf demselben Planeten leben.«

»Oder in demselben großen Organismus.«

»In diesem großen ›Organismus‹, im ganzen Universum, hat jeder seinen ganz bestimmten Platz. Nur sind die zeitlichen und räumlichen Maßstäbe so gigantisch, dass es so aussieht, als wären wir völlig isoliert. Dasselbe Problem, das auch die Ameise und die Fliege haben, nur auf anderer Ebene.«

»Zumindest wissen wir, dass beide aus Kohlenstoff sind.«

»Das ja. Wie außerirdisches Leben aussieht, sollte es welches geben, weiß man zwar nicht, aber zumindest kann man davon ausgehen, dass es auf den gleichen Atomen basiert, die auch hier vorkommen.«

»Wie tröstlich.«

»Und weißt du, wo sich diese Atome gebildet haben?«

Carmen dreht sich zum Fenster um und deutet auf den Nachthimmel. Sie wartet Laras Antwort nicht ab.

»Im Innern der Sterne. Als sie explodierten, wurden die Atome durchs ganze Universum geschleudert.«

Einen Moment lang schließt Lara die Augen. Ein wenig schwindelig wird ihr bei der Vorstellung schon. Ein Planet, ein Universum, alle miteinander verbunden, alle aus den gleichen Atomen. Aus demselben Kohlenstoff. Ein so anfälliges Mädchen wie sie genauso wie etwas so Widerstandsfähiges wie ein Diamant ...«

Alles, was existiert, ist aus Sternenstaub gemacht, auch sie. Aus Sternen, die vor Millionen von Jahren gestorben sind.

»Mir schwirrt der Kopf, wenn ich mir das so vorstelle«, sagt sie nach einer Weile. »Dass die Sterne und wir aus denselben Atomen bestehen und dass uns jetzt das Licht von Sonnen erreicht, die viele Jahrhunderte bevor wir überhaupt existierten, verschwunden sind ... Im Vergleich dazu scheint alles so winzig klein. So unbedeutend.«

Carmen hat sich wieder Lara zugewandt, leise summt sie eine Melodie.

Lara macht ein überraschtes Gesicht.

»Du stehst auf Muse?«

»Ja. Was ist? Hättest du wohl nicht gedacht, dass ich solche Musik höre, hm?« Carmen tut, als wäre sie beleidigt. »Findest du mich zu spießig für Muse? Zu konservativ?«

»Nein, nein«, sagt Lara schnell. »Es ist nur ... ich weiß auch nicht, das habe ich einfach nicht erwartet. Ich kenne Muse über Gerardo, den Freund, von dem ich dir vorhin erzählt habe.«

»Der WhatsApp-Freund.«

»Genau. Der mir dauernd Nachrichten schickt. *Starlight* ist einer der besten Songs von Muse. Der Text ist super, ich bekomme richtig Gänsehaut davon.«

»Bekommst du nicht eher Gänsehaut von Gerardo?«

Lara kann nichts dagegen tun, dass sie rot wird.

»Äh ... nein ...«, stottert sie, »oder, na ja, ich weiß nicht. Es ist kompliziert, habe ich ja vorhin schon gesagt.«

»Was ist daran kompliziert? Gefällt er dir oder nicht?«

Lara denkt einen Augenblick nach, bevor sie antwortet.

»Doch, ich glaube schon ...«

»Und was ist dann das Problem?«

»Das hier«, sagt Lara und breitet die Arme aus, »diese Scheißkrankheit. Wie kann ich was mit Gerardo anfangen wollen, wenn ich andauernd im Krankenhaus bin, wenn ich damit rechnen muss, den nächsten Tag vielleicht gar nicht mehr zu erleben?«

»Aber warte mal, Lara. Hast du nicht eben gesagt, dass Gerardo der Junge ist, der dir all diese Nachrichten geschickt hat?«

»Doch.«

»Und warum meinst du dann, dass du ihn nicht interessierst? Ehrlich gesagt habe ich das Gefühl, dass genau das Gegenteil der Fall ist.«

»Was weißt du schon!«, schneidet ihr Lara verärgert das Wort ab.

»Ist nicht so schwer zu durchschauen, was du da machst. Du kapselst dich von allen ab, Lara, aber das bringt nichts. Es gibt Menschen, die dich lieben. Deine Eltern, dein Bruder, deine ganze Familie, deine Freunde, auch wenn es vielleicht nicht so aussieht. Und vielleicht sogar Gerardo.«

»Ich will nichts von Gerardo.«

»Warum nicht? Du sagst doch, dass er dir gefällt.«

»Ja. Ich will aber nicht, dass er aus Mitleid mit mir zusammen ist. Ich brauche keinen Wohltäter, der sich um mich kümmert.«

»Ich habe den Eindruck, du ziehst irgendwelche Schlüsse, ohne Gerardo nach seiner Meinung zu fragen. Und wenn er einfach mit dir zusammen sein will, weil er es eben will, und fertig?«

Lara senkt den Blick.

»Aber das werde ich eben nie wissen, das ist das Problem. Vielleicht bin ich einfach nur ›die gute Tat‹ seines Tages.«

»Du bist ein bisschen unfair ihm gegenüber, Lara.«

»Findest du? Ich habe eher den Eindruck, ich tue ihm einen Gefallen.«

»Er ist doch alt genug, seine eigenen Entscheidungen zu treffen, oder nicht? Lass ihn selbst wählen, ob er mit dir zusammen sein will, bevor du einfach wegrennst.«

Lara weiß nicht, was sie sagen soll. Diese Diskussion hat schon tausendmal in ihrem Kopf stattgefunden seit ... seit jenem Tag. Sie will jetzt nicht wieder daran denken. Sie hat damals eine Entscheidung getroffen und weiß, dass es die richtige Entscheidung war. Es muss einfach so sein.

Es ist die richtige Entscheidung, sagt sie sich immer wieder.

FÜNF

Lara blickt auf ihr linkes Handgelenk, um zu sehen, wie spät es ist, aber dann fällt ihr ein, dass sie ihre Uhr ja gar nicht trägt. Sie kann sich nicht erinnern, wo sie sie abgelegt hat. Bestimmt bewahrt ihre Mutter die Uhr an einem sicheren Ort auf. Sie sieht zum Nachttisch hin, und ihr Blick fällt auf das Handy. Es wäre ein Leichtes, kurz nachzusehen, wie spät es ist. Aber das verwirft sie sofort wieder. Wenn sie das Handy erst in der Hand hielte, könnte sie gar nicht anders, als Gerardos Nachrichten zu lesen, das weiß sie.

»Was suchst du?«, fragt Carmen. »Soll ich dir etwas geben?«

»Nein danke, ich brauche nichts. Ich hab mein Zeitgefühl verloren hier drin. Ich wollte nur wissen, wie lange die Nacht noch dauert.«

»Kommt sie dir lang vor?«

»Ja ...«, sagt Lara, korrigiert sich aber sofort selbst, »... also ich meine: nein, im Gegenteil. Die Zeit vergeht total schnell mit dir und unseren Gesprächen. Ich habe lange nicht mehr über solche Dinge gesprochen. Also, um genau zu sein, weiß ich nicht, ob ich überhaupt schon einmal so ein Gespräch mit irgendjemandem geführt habe ...«

»Aber trotzdem wäre es dir lieber, wenn es schon Tag wäre.«

Lara zögert.

»Ja und nein. Ich weiß nicht, was mich morgen erwartet. Einerseits könnte die Nacht von mir aus ewig dauern, weißt du? Aber andererseits will ich auch, dass das alles irgendwann auch mal vorbei ist.«

»Ich verstehe dich.«

»Nein, du kannst mich nicht verstehen, du machst das alles ja nicht durch!«

Laras Ausbruch hat den Raum plötzlich in Stille getaucht.

»Entschuldige«, sagt sie einen kurzen Moment später benommen. »Du kannst ja nichts dafür, du versuchst nur, mir zu helfen, und jetzt scheint es so, als wüsste ich das gar nicht zu schätzen, aber das stimmt nicht, wirklich nicht, ich weiß sehr wohl zu schätzen, dass du hier bei mir bist und ... na ja, du sollst nicht denken, dass es nicht so ist.«

»Macht doch nichts«, sagt Carmen wohlwollend. »Du bist in einer schwierigen Situation. Es ist dein gutes Recht, wütend zu sein.«

»Du sagst es. Komm, lass uns noch ein bisschen weitermachen, die Nacht soll noch nicht zu Ende sein.« Lara verdreht die Augen. »Erzähl mir weiter, wie fantastisch das Leben ist, mal sehen, ob du mich am Ende doch noch davon überzeugst, dass es sich wirklich lohnt ...«

»Ich dachte, ich habe dich längst überzeugt«, sagt Carmen mit einem Augenzwinkern, »aber bitte sehr, kein Problem. Ich kann über diese Dinge so lange reden wie eben nötig.«

»Okay, dann erzähl doch mal vom nächsten Schritt. Wie haben sich von dem Moment an, wo sich die ersten lebensnotwendigen Moleküle gebildet haben, so unglaublich komplexe Lebewesen entwickelt, wie es sie heute und seit geraumer Zeit schon gibt? Mal sehen, ob du das in ein paar Sätzen hinbekommst.«

»Dafür brauche ich nicht einmal einen Satz, mir genügt ein einziges Wort: DNA. Dafür verantwortlich ist allein die DNA.«

»Die DNA.«

»Ja, die DNA. Weißt du, was das ist?«

»Ja, klar, die Desoxirino... warte, jetzt habe ich mich verheddert. Desoxi...«

»...ribonukleinsäure«, ergänzt Carmen.

»Genau. Ich bekomme es nie beim ersten Mal hin.«

»Die DNA ist der Schlüssel zu allem. Das ganze genetische Ma-

terial besteht aus einer superlangen Kette aus hintereinanderge-
schalteten Molekülen, besser bekannt als DNA.«

»Ach ja, Genetik. Genetik habe ich immer gemocht«, sagt Lara
fröhlich. Das Thema ist eine gute Ablenkung von all den Gedanken,
die ihr im Kopf herumschwirren. »Gene und DNA also. Und was
ist da genau passiert?«

»Die DNA muss man sich wie eine lange Kette vorstellen.«
Carmen zeigt mit einer Geste eine lange Linie an. »Im Gegensatz
zu einer Fahrradkette aber, bei der alle Glieder gleich sind, besteht
die DNA aus vier verschiedenen Arten von Gliedern, die sich stetig
wiederholen. Sie werden nach den Anfangsbuchstaben ihrer chemischen Bezeichnung benannt: A, T, C und G.«

»Ja, genau, ich erinnere mich. Und die Reihenfolge der Buchstaben bestimmt doch die genetische Information, die sie enthält.
Stimmt's?«

»Ich sehe schon, dein Erinnerungsvermögen lässt dich nicht im
Stich. Das ist wie eine Art Geheimcode, wenn du so willst, eine Art
Sprache, die ihre Wörter aber aus nur vier Buchstaben bildet anstatt
wie in unserem Alphabet aus 26 Buchstaben.«

»Entschuldige, dass ich unterbreche, aber das fand ich schon
immer ziemlich seltsam. Da ist die großartige DNA, der Schlüssel
zu allem und so weiter, bla, bla ... und dann gibt es nur vier Buchstaben? Viele Wörter kann man damit ja nicht gerade bilden.«

»Das sagst du! Die Kombinationsmöglichkeiten sind enorm!
Versuch doch mal, in unserer Sprache Wörter mit nur vier Buchstaben zu bilden: BLAU ist doch etwas anderes als LAUB, und
TANTE ANETTE ist jemand anderes als einfach nur eine NETTE
TANTE. Der Informationsgehalt ist ein völlig anderer. Verschiebt
man nur einen oder zwei Buchstaben in ihrer Reihenfolge, hat das
eine enorme Auswirkung auf das, was man sagen will. Beim Lesen

verwechselst du doch auch nicht die Wörter ABER und RABE, obwohl beide aus denselben Buchstaben bestehen. Du weißt ganz genau, dass sie zwei unterschiedliche Dinge benennen. Mit dem genetischen Material ist es genau dasselbe. Und jetzt stell dir mal nicht nur vier Buchstaben hintereinander vor, sondern Millionen über Millionen davon, schön einer nach dem anderen, in einer ganz bestimmten Reihenfolge. Die Kombinationsmöglichkeiten und der Informationsgehalt sind gigantisch – eine ganze Datenenzyklopädie!«

»Genügend Daten jedenfalls, damit eine Mücke sich von einem Elefanten unterscheidet.«

»Du hast es selbst gesagt: In den Zellen von beiden befindet sich DNA, die aus genau denselben vier Buchstaben besteht; nur dass sie bei den beiden ganz unterschiedlich lang ist und einen unterschiedlichen Informationsgehalt aufweist. Denn alle Zellen aller Lebewesen, aller jetzt lebenden, aller früheren und aller Lebewesen, die es je geben wird auf der Erde, haben eines gemeinsam: Sie sind abhängig von ihrem genetischen Material, dessen Zusammensetzung und Reihenfolge diese Lebewesen erst zu dem macht, was sie sind, und zwar jedes einzelne seiner Art mit seinen bestimmten Eigenschaften. Das genetische Material sorgt dafür, dass sie überhaupt leben können.«

»Deshalb ist die DNA auch der Schlüssel zu allem, weil sie wie eine Gebrauchsanweisung funktioniert.«

»So wird sie wirklich manchmal genannt. Und jede Lebenseinheit gibt diese ›Anweisung‹ an die folgende Generation weiter. Wie ein Handbuch, das du deinen Kindern vererbst.«

Zielsicher öffnet Carmen die Schublade des Nachttischs, kramt eine Weile darin herum und zieht dann ein Büchlein heraus.

»Wie dieses hier, in dem erklärt wird, wie der Fernseher funktioniert, wie man umschaltet, wie man eine Internetverbindung aufbaut et cetera. Siehst du? Wenn du irgendetwas davon brauchst, liest du einfach die entsprechende Seite, in der erklärt wird, wie's geht. Mit den Zellen geschieht etwas ganz Ähnliches.«

»Nur dass ich dieses Heftchen hier ganz bestimmt nicht meinen Kindern vererben werde ...«, meint Lara grinsend und zeigt auf das verknitterte, vergilbte Handbuch.

»Klar, das bekommt dann der Nächste hier im Zimmer, nachdem du entlassen worden bist; was aber praktisch auf dasselbe herauskommt.«

»Sollte ich überhaupt entlassen werden ...«, fügt Lara leise hinzu.

Carmen tut, als hätte sie nichts gehört.

»Nur macht eine solche Anleitung natürlich nichts selbst: Weder ist sie der Fernseher, noch bietet sie dir einen Internetzugang, noch sonst etwas. Du kannst sie anstarren, so viel du willst, dein Lieblingsfernsehprogramm wirst du darin nicht zu sehen kriegen, und in Facebook kannst du dich damit auch nicht reinklicken. Du musst schon wissen, wie du sie benutzt, damit sie dir etwas bringt, du musst sie lesen können.«

»Dann ist die DNA also das ›Geheimnis des Lebens‹, aber nicht das Leben selbst.«

»Klar, die DNA selbst ›lebt‹ nicht. Und trotzdem würde ohne sie keine der uns bekannten Varianten des Lebens existieren.«

»Okay, das ist einfach zu verstehen: Die Gebrauchsanweisung für den Fernseher ist nicht dasselbe wie zum Beispiel ...«, Lara deutet auf die Bücher auf dem Nachttisch, »der Schinken von Jules Verne hier, den mir mein Bruder mitgebracht hat. Durch das eine lernt man, wenn es hoch kommt, wie man ein Elektrogerät bedient, dagegen bietet das andere viel mehr Information: über fantastische

Welten, Abenteuer und eine Menge ganz unterschiedlicher Menschen, die miteinander zu tun haben. Die Texte bestehen zwar aus denselben Buchstaben und Wörtern – aber der Umfang ist eben auch entscheidend.«

»Schon, aber nicht so sehr, wie du denkst. Mal sehen: Welches Lebewesen hat deiner Meinung nach das größte Genom und damit auch die längste DNA?«

»Das ist einfach: der Mensch. Wir sind schließlich die kompliziertesten Tiere von allen, oder?«

»Du irrst dich. Eine Menge Organismen schlagen uns darin bei Weitem. Es gibt Tiere und sogar Pflanzen, die eine längere DNA haben als du. Den Rekord hält eine japanische Pflanze, die *Paris japonica*, mit einem Genom, das fünfzig Mal größer ist als deines. Bei den Tieren ist der Äthiopische Lungenfisch, der *Protopterus aethiopicus*, der Rekordhalter: Sein Genom ist vierzig Mal größer als das des Menschen.«

»Aber ... Aber wie kann das sein?«, empört sich Lara. »Das ist doch absurd!«

»Nein, ist es nicht. Ein Genom ist eine sehr komplexe Anweisung, ganz unabhängig davon, wie lang es ist. Es enthält auch nicht der gesamte DNA-Strang genetische Informationen. Manche Abschnitte enthalten genetische Informationen, manche nicht – was aber nicht heißt, dass diese anderen nicht auch wichtig sind.«

»Und die Information selbst ist in den Genen enthalten, richtig?«

»Ja. Und die Gesamtheit aller Gene eines Organismus wird als Genom bezeichnet. Jedes Gen enthält die notwendige Information, mit der die Zelle dann meistens ein bestimmtes Protein herstellt. Die Proteine machen nämlich die eigentliche Arbeit in den Zellen. Du kannst sie dir als Werkzeuge vorstellen, mit denen bestimmte

Aufgaben erledigt werden, egal welche. Die Zelle liest sich die Gebrauchsanweisung der DNA, also der Gene, durch und stellt dann genau das Protein her, das sie in diesem konkreten Moment benötigt. In den Genen liegt die Information, dank der die Magenzellen Verdauungssäfte produzieren, wir Speisen verdauen und die Herzzellen schlagen und das Blut durch den Körper pumpen können. Und die den Neuronen im Gehirn das Denken ermöglichen. In den Genen liegt auch die Information, dank der sich bei der Fortpflanzung ein neuer Organismus entwickelt, erst ein Embryo, dann ein Fötus, ein Neugeborenes, ein Kind, ein Jugendlicher und schließlich ein Erwachsener, der sich wiederum fortpflanzen kann. Und in den Genen von Bakterien liegt all die nötige Information für die Dinge, die das Bakterium eben so braucht, und genauso ist es bei Pflanzen, bei allen Tieren und sogar bei Protozoa und Pilzen.«

»Aber die Anweisungen für all das müssen doch irrsinnig kompliziert und ausführlich sein, und viel mehr noch beim Menschen als bei irgendeinem anderen Lebewesen, oder nicht? Deine Argumente widersprechen doch deinen eigenen Theorien!«

»Nicht ganz, jetzt warte doch mal. Jedes Gen hat seinen festen Platz im Genom, in seinem DNA-Strang, jedes Gen befindet sich an einer ganz konkreten Position. Von dort bewegt es sich nicht weg, damit kein Fehler passiert. Es gibt allerdings merkwürdige Ausnahmen. Im Genom aller Lebewesen, auch in dem von Menschen, gibt es ganz spezielle Gene, die umgangssprachlich als >springende Gene< bezeichnet werden. Diese springenden Gene fertigen ab und an eine Kopie ihrer selbst an, die sich dann an einer anderen Stelle des Genoms festsetzt. Dort bleibt sie, bis sie aus irgendeinem Grund erneut >springt<. Das passiert zwar nicht oft, aber trotzdem ist unser Genom voll von solchen Gen-Kopien. Komplexität muss also nicht unbedingt etwas mit der Länge der Kette zu tun haben.«

»Kann schon sein, aber wenn diese ›springenden Gene‹ die Ausnahme sind, erklärt das doch nicht, warum irgendein lächerliches Tierchen ein Wahnsinnsgenom hat und unseres vergleichsweise eher armselig daherkommt. Das kauf ich dir nicht ab.«

»Mensch, bist du ungeduldig … Lass mich doch erst einmal ausreden!«, protestiert Carmen lachend. Lara hebt den Blick und schnaubt, was Carmen noch mehr zum Lachen bringt. Dann fährt sie fort: »Du musst dir vor Augen halten, dass in der DNA nicht nur Gene vorkommen. Zum Großteil hat die DNA ganz andere Funktionen, vor allem regulierende. In manchen DNA-Abschnitten sind so etwas wie Verkehrspolizisten unterwegs, die das korrekte Funktionieren der Gene regeln. Von anderen Abschnitten weiß man noch gar nicht, wozu genau sie gut sind. Weil man zunächst dachte, dass sie nutzlos seien, werden sie deshalb auch als Müll-DNA bezeichnet. Allerdings ändert sich diese Ansicht zunehmend, je mehr man über die DNA weiß.«

»Also dann hat diese eine Pflanze ein so großes Genom, weil sie einfach eine Menge dieser informationslosen DNA hat – deshalb ist ihr Genom also länger als das von höher entwickelten Lebewesen.«

»Das könnte eine Erklärung sein, aber es ist nicht notwendigerweise die einzige.«

Lara lässt sich in die Kissen sinken.

»Ich hab's dir doch gesagt, die ganze Sache mit der Biologie ist einfach zu kompliziert. Immer wenn ich glaube, etwas verstanden zu haben, kommt wieder eine Ausnahme daher oder eine Variation, und alles wird nur noch komplizierter.«

»Das macht das Leben ja gerade so aufregend! Denk mal an all die Rätsel, die noch zu lösen sind, an all die komplexen Zusammenhänge, die wir erst nach und nach entschlüsseln. Kann es etwas Besseres geben?«

»Mir ist ja rätselhaft, wie Wissenschaftler klarkommen. Kaum sieht es mal so aus, als hätten sie ein bestimmtes Thema im Griff, taucht wieder irgendein Faktor auf, den sie nicht bedacht haben, und zack – geht alles wieder von vorne los.«

»Aber es geht eben nicht wirklich von vorne los – eher wird der Kurs der Hypothese neu ausgerichtet. So ähnlich ist es bei uns beiden doch jetzt auch, oder? Du schlägst eine Erklärung vor, und ich liefere dir neue Informationen, woraufhin du dir eine bessere Erklärung überlegen musst. Genau so arbeiten auch Wissenschaftler.«

»Ach ja? Mag ja sein, dass wir beide hier so tun, als wären wir Wissenschaftler – aber schlauer fühle ich mich deshalb noch lange nicht.«

»Vielleicht merkst du es nicht, aber das Gehirn am Laufen zu halten, ist gesund. Es ist gut, die Neuronen zu trainieren.«

»Kann schon sein, dass deine Neuronen spitzenmäßig funktionieren, aber meine, um die Uhrzeit, ohne geschlafen zu haben und mit all dem Mist, den sie mir eingeflößt haben – also meine sind bestimmt ganz schön lahmgelegt …«

»Ach komm«, Carmen tätschelt Lara den Rücken, »du hast dich doch total gut geschlagen bis jetzt.«

»Das sagst du. Das mit unserem beschränkten Genom verstehe ich immer noch nicht. Sind wir jetzt die komplexesten Lebewesen oder nicht?«

»Darüber könnte man streiten. Kommt darauf an, was du unter komplex verstehst. Doch ja, man könnte es damit begründen, dass der Mensch es gegenüber den Tieren zu einer höheren Entwicklungsstufe gebracht hat, vor allem, wenn man bedenkt, was sich bei uns im Kopf abspielt.«

»Und wie können wir so komplex sein, wenn unsere Gebrauchsanweisung verschwindend klein ist?«

»Also so ist es ja auch wieder nicht!«

»Du weißt schon, was ich meine ...«

»Das menschliche Genom ist unter allen uns bekannten Genomen nicht einmal das mit den meisten genetischen Informationen. Es war eine echte Überraschung, als man während des Humangenomprojektes entdeckte, dass es nur etwa 24 000 Gene enthält – viel weniger, als man dachte. Was für eine Logik steckt da dahinter?«

»Das fragst du *mich*? Ich sag dir doch die ganze Zeit, dass das Ganze irgendwie nicht greifbar ist für mich.«

»Ich will dich doch nur ein bisschen zum Nachdenken bringen ...«, Carmen grinst herausfordernd. »Wie würdest du erklären, dass unsere Zellen mit einer so geringen Zahl an Genen so komplizierte Abläufe ausführen können?«

Lara schließt die Augen, als könnte sie die Antwort in ihrem Innern abrufen. Sie grübelt eine Weile, so schnell will sie sich nicht geschlagen geben.

»Also ...«, wagt sie sich schließlich vor, »du hast doch gesagt, dass die eigentliche Arbeit von den Proteinen gemacht wird.«

»Ja.«

»Dann könnte eine Lösung doch sein, dass wir mehr Proteine haben als die anderen. Bin ich auf dem richtigen Weg?«

»Nicht übel, Lara, gar nicht übel!«, sagt Carmen, ohne einen gewissen Stolz zu verbergen. »Wir können tatsächlich mit der Information eines einzigen Gens mehr als eine Proteinart herstellen. Das heißt also: Dass wir 24 000 Gene haben, bedeutet keineswegs, dass wir auch auf nur 24 000 Proteine beschränkt sind. Durch eine Reihe von Tricks und regulierenden Faktoren wie die, von denen ich vorhin gesprochen habe, kann die tatsächliche Anzahl an Proteinen zwei- oder dreimal so hoch sein, vielleicht sogar noch höher, das weiß man noch nicht so genau. Aus diesem Grund und auch, weil es so viele Verbindungsmöglichkeiten zwischen den Proteinen gibt, verfügen menschliche Zellen de facto über immens komplexe Werkzeuge. Deshalb meinte ich auch, dass die Größe der DNA gar nicht so wichtig ist. Das klingt nachvollziehbar, oder?«

Lara neigt leicht den Kopf zur Seite.

»Oookaaaaaay ... Du hast gewonnen. Es gibt für alles eine logische Erklärung.«

»Nur kennen wir die eben nicht immer.«

»Nein, klar, sonst würde ich nicht hier liegen und wäre nicht an diese Maschine angeschlossen, die mir sagt, ob ich noch lebe oder nicht.«

Mit einem Anflug von unendlicher Traurigkeit sieht sich Lara im Zimmer um und fühlt sich wieder ganz hilflos.

Bevor Carmen etwas sagen kann, verscheucht Lara schnell das beklemmende Gefühl und knüpft an ihr Gespräch an.

»Dann ist die Antwort auf die Frage, was Leben eigentlich ist, ja viel simpler, als du es mir weismachen wolltest. Leben ist einfach nur gleichzusetzen mit den Genen – fertig. Im Genom liegt die ganze Information, aus der hervorgeht, wie ein Organismus funktioniert. Ohne Gene würden wir uns kaum unterscheiden von … von einem Stein.«

»Alles auf die Gene zu reduzieren ist vielleicht doch ein bisschen zu radikal. Stimmt schon, ohne Gene gäbe es kein Leben, zumindest nicht in der Form, wie wir es kennen. Deshalb kopiert ja auch jede Zelle, die sich reproduzieren muss, als Allererstes ihr gesamtes Genmaterial – damit auch jede Tochterzelle eine vollständige Kopie des Materials mitbekommt. Dabei funktionieren Menschen-, Bakterien- oder Pflanzengene auf genau dieselbe Art und Weise. Sie sind das eigentliche ›Programm‹ des Lebens, daran besteht kein Zweifel.«

»Aber wenn du sagst, dass Gene eine Kopie ihrer selbst anfertigen, fast als würden sie sich reproduzieren – spricht das dann nicht doch für meine Theorie? Könnte das nicht bedeuten, dass Gene doch leben?«

»Nein, und zwar aus einem ganz einfachen Grund: Ein isoliertes Gen kann rein gar nichts anstellen, nicht mal eine Kopie von sich kann es anfertigen. Gene funktionieren nur, wenn sie zusammenwirken, wenn jedes einzelne seiner Funktion nachkommt. Zum Beispiel gibt es Gene, die an der Kopie des gesamten Genoms mitwirken – aber keines von ihnen käme besonders weit ohne den Beitrag anderer Gene, die die Zellen am Leben erhalten, die dafür sorgen, dass sie die Nährstoffe aus ihrer Umgebung aufnehmen oder mit den Nachbarzellen kommunizieren können. Das Leben muss von vielen zusammen gemeistert werden, Leben ist Teamwork, und zwar sowohl auf Ökosystemebene als auch im Zellinneren, das hatten wir ja vorhin schon. Von Strukturen, die kleiner sind als eine Zelle, kann man nicht mehr sagen, dass sie >leben<.«

»Klingt logisch, was du sagst. Und wenn schon Gene nicht leben, dann nehme ich mal an, dass Proteine auch nicht als lebendig angesehen werden können – obwohl kein Lebewesen ohne sie existieren könnte.«

»Stimmt.«

»Eine Sache verstehe ich aber immer noch nicht«, sagt Lara, während sie sich erneut aufrichtet. Sie ist überzeugt, Carmen in eine Falle tappen zu lassen. »Mein Lehrer hat gesagt, dass manche Krankheiten von >ansteckenden Proteinen< verursacht werden. Er hat uns von der Epidemie erzählt, die Ende der Neunzigerjahre in Europa grassierte, dem Rinderwahnsinn, der sich über Proteine übertragen hat. Vorhin haben wir doch gesagt, dass Infektionen normalerweise von Bakterien oder Viren ausgelöst werden. Viren sind nicht wirklich lebendig, okay ... Aber was ist mit diesen Proteinen? Erfüllen sie nicht die Mindestanforderungen für Leben?«

Carmen nickt lächelnd, als würde sie anerkennen, dass Lara ein ziemlich gutes Argument aufgefahren hat. Lara fühlt sich bestärkt und kann die Antwort kaum erwarten.

»Bis sich eine Erklärung dafür gefunden hatte, woher die verantwortlichen Proteine kommen, wie sie wirken und warum sie als Krankheitserreger fungieren, hat genau dieses Thema Wissenschaftlern und Medizinern über lange Zeit ziemliches Kopfzerbrechen bereitet. Bis vor ein paar Jahren dachte man auch noch, dass Krankheiten wie Rinderwahnsinn über Bakterien oder Viren übertragen werden, weil der Wirt stets sehr ähnlich ist. Die verantwortlichen Mikroorganismen hat man allerdings nie gefunden. Schließlich entdeckte man, dass die Schuldigen sehr spezielle Proteine waren, sogenannte Prionen. Und Rinderwahnsinn ist nicht der einzige Fall. Bei Schafen und Ziegen sind ähnliche Fälle bekannt. Die verursachte Krankheit heißt *Scrapie,* das kommt vom englischen Verb to scrape, was schaben oder kratzen bedeutet – infolge eines starken Juckreizes kratzen sich die betroffenen Tiere nämlich ununterbrochen. Früher hat man sogar Fälle einer ähnlichen Krankheit bei Menschen entdeckt, die sogenannte Creutzfeldt-Jakob-Krankheit. Und selbst bei Fliegen ist diese Krankheit aufgetreten!«

»Und was machen die Prionen, dass Kühe und Menschen und wer auch immer ›wahnsinnig‹ werden?«

»Bei allen bekannten Fällen bewirkte die Krankheit ein allmähliches Absterben der Neuronen im Gehirn, wodurch das Gehirn immer mehr ›Löcher‹ bekam, wie ein Schwamm – das sind die Leerräume, die die abgestorbenen Neuronen hinterlassen.«

»Kein Wunder, dass einem Kühe verrückt vorkommen und Schafe und Ziegen sich andauernd kratzen – mit einem so durchlöcherten Gehirn!«

»Und mit Menschen, die an dieser Krankheit leiden, passiert genau dasselbe: Sie verlieren nach und nach ihre geistigen Fähigkeiten. Bis jetzt ist der Verfall nicht aufzuhalten, die Krankheit ist unheilbar.«

»Warum taucht eigentlich eine neue Krankheit wie diese einfach so auf? Woher kommen die dafür verantwortlichen Prionen?«

»Solche Krankheiten sind nicht neu, überhaupt nicht. Es gibt sie schon lange, und man kennt sie auch schon lange. Vor der Rinderwahnsinn-Epidemie gab es aber nur sehr wenige Fälle, und die traten an ganz abgelegenen Orten auf. Weißt du, wann man den ersten Fall beim Menschen entdeckt hat?«

»Wann?«

»Manche Menschen, die dem Volk der Fore in Papua-Neuguinea angehören, leiden an einer Störung, die sie Kuru nennen, eine degenerative Krankheit, die zum Tod führt. Sie stecken sich gegenseitig an, aber nicht wie mit einem Virus oder einem Bakterium, sondern über das Essen. Um genau zu sein: wenn sie das Gehirn eines anderen Menschen essen.«

»Uff!« Lara sieht erschrocken aus. »Das Hirn eines Menschen? Wie eklig!«

»Ja, die Foren sind Kannibalen. Sie bringen aber niemanden um, um ihn zu essen. Es ist eher ein Ritual, das mit dem Tod in Verbindung steht. Wenn ein Mensch stirbt, essen die Angehörigen sein Gehirn: Sie glauben, dass sie auf die Art die Weisheit des Verstorbenen in sich aufnehmen. Hat aber dieser Verstorbene aus irgendeinem Grund die Krankheit, sind die Kuru verursachenden Prionen leider das Einzige, was sie tatsächlich dabei in sich aufnehmen.«

»Oh Mann! Was für ein bestialischer Brauch, und besonders gesundheitsfördernd ist er auch nicht. Aber wenn man schon länger weiß, warum das passiert – gibt es dann nicht ein Mittel, das die Prionen stoppt, irgendein Antibiotikum oder so etwas in der Art? Gegen Bakterien und Viren gibt es doch auch Pillen, warum dann nicht gegen Prionen?«

»So einfach ist das nicht. Prionen sind anfangs scheinbar ganz normale Proteine, die von Menschen und Tieren dank der Information eines bestimmten Gens gebildet werden und die für ein funktionierendes Gehirn absolut notwendig sind. Damit sie ihre Aufgaben fehlerfrei erfüllen, müssen Proteine aber auf eine bestimmte Art gefaltet und dann noch mal gefaltet sein.«

»Wie – gefaltet? Wie ein Origami-Kunstwerk?«

»Mehr oder weniger. Hast du schon einmal einen Hut oder ein Schiff oder einen Vogel aus Papier gefaltet?« Lara nickt. »Da ist es so ähnlich: Wenn du das Papier nicht richtig faltest, entsteht vielleicht ein Schiff statt eines Vogels. Prionen sind eigentlich normale Proteine, nur haben sie sich falsch gefaltet. Diese fehlgefalteten Proteine können ihre Funktion nicht erfüllen, lagern sich im Gehirn ab und bewirken, dass es degeneriert, entartet, dass es sich zu genau einem solchen durchlöcherten Schwamm entwickelt.«

»Und warum kommt es zu einer solchen Fehlfaltung?«

»Sehr gut! Genau das ist die entscheidende Frage. Fällt dir auf, wie wissenschaftlich du schon denkst?« Nach einer kurzen Pause fährt Carmen fort: »Der Grund dafür ist nicht ganz klar. Dafür ist aber eine andere kuriose Tatsache bekannt: Trifft eines dieser fehlgefalteten Proteine auf einen korrekt gefalteten Verwandten, also auf ein gesundes, normales Protein, verändert sich dieses gesunde Protein und wird ebenfalls zu einem Prion.«

»Shit! Das ist ja fies!«

»Deshalb sagt man auch, dass Prionen ›ansteckende‹ Proteine sind, sie reproduzieren sich zwar nicht wie Bakterien oder Viren, dafür zwingen sie aber die normalen Proteine, sich zu verändern, sie machen sie zu Prionen, eines nach dem anderen, und rufen so eine Kettenreaktion hervor.«

»Verstehe. Dann kann man natürlich auch nicht sagen, dass Prionen leben, klar. Dann leben sie ja sogar noch weniger als Viren.«

»Genau der Ansicht sind auch viele Wissenschaftler. Damit man von Leben sprechen kann, braucht es normalerweise etwas mehr als eine einfache Kettenreaktion wie die der Prionen. Oder die von Viren – die ist zwar schon ein bisschen komplexer, sehr viel weiter geht sie aber auch nicht. Trotzdem: Man kann sie zwar nicht als Lebewesen bezeichnen, aber dass sich Prionen vermehren können, macht sie zu einem Gesundheitsrisiko. Wenn du das Gehirn eines daran erkrankten Menschen essen würdest ...«

»Aaaahh! Hör auf!«

»… dann würden die Prionen, die du zu dir nimmst, die normalen Proteine deines Gehirns verändern, sodass auch sie zu Prionen würden.«

»Okay, da kannst du ganz beruhigt sein, daran werde ich ganz sicher nicht sterben. Menschenhirn steht nicht auf dem Speiseplan der Klinik.«

»Logisch, Hirn isst heute keiner mehr! Deshalb ist diese Krankheit beim Menschen auch nicht mehr als eine Anekdote, ein absonderlicher Fall in den Medizinbüchern. Das eigentliche Problem trat auf, als man herausfand, dass dasselbe passieren kann, wenn jemand prionenhaltiges Rindfleisch isst.«

»Ah, daher auch die Epidemie. Rindfleisch essen wir ja schon. Und gar nicht mal so wenig.«

»Genau. Und weil dieses Protein bei Menschen und Kühen sehr ähnlich ist, können die Prionen der Kuh auch die normalen Proteine von Menschen verändern. Vor der Rinderwahnsinn-Epidemie wusste man das nicht. Man war nicht davon ausgegangen, dass die Krankheit überhaupt zwischen Tieren verschiedener Arten übertragen werden kann. Heute verhindern deshalb Hygienekontrollen, dass infiziertes Rindfleisch auf den Markt kommt.«

»Dann bin ich ja beruhigt.«

»Der Fall zeigt aber doch auch wieder, wie rätselhaft, kompliziert und interessant das Leben ist«, sagt Carmen triumphierend, als würde sie gerade wie ein Anwalt ein Schlussplädoyer halten.

»Fantastisch hast du noch vergessen.«

»Und fantastisch.«

»Das war's?«

»Ich würde noch tausend weitere Adjektive finden. Sag du doch noch ein paar.«

»Zerbrechlich«, fügt Lara hinzu. »Das Leben ist zerbrechlich. Trotz all der großartigen Mechanismen, der Verbindungen, der Proteine herstellenden Gene, der zusammenwirkenden Proteine, der sich reproduzierenden Zellen – wenn diese Dinge kaputt sind, ist nicht mehr viel zu machen ...« Unvermittelt verstummt Lara. Eine Weile ist die Linie, die ihr Herz auf den Bildschirm zeichnet, das Einzige, was sich bewegt im Raum.

»Doch, man kann etwas tun«, sagt Carmen schließlich. »Wir haben eine Menge Werkzeuge, mit denen wir kämpfen können, wenn der Körper schlappmacht.«

»Kämpfen. Am Ende kommt dann immer dieses Wort.«

»Darum geht es doch, oder? Das Leben ist ein Kampf. Wir müssen kämpfen um das, was wir wollen.«

»Ja, aber das ist so anstrengend.«

»Niemand hat gesagt, dass es einfach ist.«

»Jetzt zitierst du Coldplay.«

»Wie?«

»*Nobody said it was easy.* Das ist der Refrain eines Songs von Coldplay. Ziemlich guter Song übrigens.«

Carmen lacht.

»Habe ich gar nicht gemerkt, ehrlich, das war keine Absicht. Ich mag den Song aber auch.«

»Klar, er heißt ja auch *The Scientist*. Wie du, du bist doch auch Wissenschaftlerin. Der perfekte Soundtrack für eine Nacht wie diese.«

»Kennst du Coldplay auch von Gerardo?«, fragt Carmen.

»Nein, die hab ich selbst entdeckt. Gerardo flippt aus, wenn ich nur ihren Namen erwähne. Er sagt, das sind Trottel, die Musik für alte Leute machen.«

Ganz unverhofft bemerkt Lara, dass sie von Gerardo spricht, als wäre alles ganz einfach, als wäre er einfach irgendein Freund. Carmen hat ihn ganz selbstverständlich ins Gespräch gebracht, und ihr selbst war es nicht komisch vorgekommen, bis sie bereits mittendrin waren.

Sie fühlt sich immer noch nicht wohl dabei, seinen Namen auszusprechen. Aber Carmen gegenüber kann sie ehrlich sein, das weiß sie. Mehr als irgendeiner ihrer Freundinnen gegenüber. Natürlich auch mehr als ihren Eltern gegenüber, klar. Oder gegenüber ihrem Bruder, der noch zu klein ist, um irgendetwas von alldem zu verstehen. Vielleicht wäre es gut, sich von dieser Last zu befreien, und vielleicht wäre gerade jetzt ein guter Moment dafür.

»Deshalb gefallen sie mir wahrscheinlich auch«, sagt Carmen.

»Aber mir doch auch! Da darf man gar nicht auf Gerardo hören«, sagt Lara, ganz ohne Hemmungen jetzt. »Manchmal hat er eben so komisches Zeug im Kopf. Ich bin ganz sicher, dass er sie eigentlich auch mag. Neulich habe ich ihm ein paar MP3-Songs gegeben, und kurz darauf hatte er sie schon aufs iPhone geladen. Bestimmt hört er sie ab und zu. Er will es nur nicht vor anderen zugeben, der Dummkopf, weil das nicht gut ankommt oder was weiß ich. Typen sind eben einfach kompliziert.«

»Allerdings. Manchmal ist es ganz schön schwierig, sie zu verstehen.«

»Manchmal?«

Beide lachen.

»Sie sind kompliziert. Es ist nicht einfach, sie zu verstehen ...«, zählt Carmen auf, »... aber sie machen das Leben auch lebenswerter, oder?«

»Ich weiß nicht. Ja, wahrscheinlich schon. Wenn einen sonst nichts bedrückt, kann man es gut mit ihnen aushalten.«

»Aber andersherum doch auch: Wenn du bedrückt bist, können

sie dich auf andere Gedanken bringen. Sie können dir helfen, zu deinem Kampfgeist zurückzufinden, was dir so schwerfällt, Lara.«

»Aber zu welchem Preis?« Lara hebt die Arme in einer Geste der Hoffnungslosigkeit. »Dann führt doch eines zum anderen: Verpflichtungen, Abhängigkeit … Enttäuschungen.«

»Es muss aber nicht unbedingt so laufen. Es kann viel schöner sein.«

»Ich weiß nicht …«, sagt Lara leise.

»Alle guten Dinge haben eine dunkle Seite, ein Opfer, das du bringen musst, einen Preis, den du zahlen musst. Trotzdem wird dir fast jeder sagen, dass das, was du gewinnst, überwiegt.«

»Ich weiß nicht, ob ich das Recht habe zu verlangen, dass andere diesen Preis für mich zahlen. Ich bin nicht wie die anderen, Carmen. Ich bin …«, Lara sucht nach dem passenden Wort, »anders.«

»Warum sagst du das?«

»Weil ich krank bin. Ich kann weder dasselbe fordern noch erwarten wie alle anderen.«

»Aber damit sagst du ja, dass ein kranker Mensch kein Recht auf Leben hat!«, sagt Carmen aufgebracht.

Ihre Reaktion überrascht Lara. Carmen war ganz ruhig bisher. Ihre Argumente hatte sie mit ernsthafter Stimme vorgebracht, als wäre sie überzeugt davon, dass sie allein durch die Vernunft ihrer Worte als Siegerin aus dieser Debatte hervorgehen würde. Dieses Thema aber hat sie schließlich doch aus der Defensive geholt, und das tut Lara leid.

»So habe ich es nicht gemeint …«, Lara versucht, sich zu rechtfertigen. »Ich weiß nur nicht, ob ich so viel Verantwortung tragen will. Ich weiß nicht, ob ich das auf mich nehmen kann.«

»Du kannst nicht das Gewicht der ganzen Welt auf deinen Schultern tragen, Lara. Es ist völlig in Ordnung, um Hilfe zu bitten.

Es ist völlig in Ordnung, die Hilfe anzunehmen, die dir andere anbieten. Sie wissen schon, warum sie das tun.«

»Aus Mitleid.«

»Oder aus Liebe. Oder Freundschaft. Hast du das nie in Erwägung gezogen? Deine Freunde können genauso aufrichtige Gefühle für dich haben wie deine Familie. Du solltest sie nicht vernachlässigen, schon gar nicht dann, wenn du sie am dringendsten brauchst.«

Lara weicht ihrem Blick aus.

»Wenn es nur so einfach wäre ...«

»Okay, einfach ist es vielleicht nicht. Aber es ist auch nicht völlig unmöglich.«

Carmen geht zum Nachttisch, nimmt das Handy und hält es Lara hin.

»Da hast du jemanden, der dir helfen will. Er will bei dir sein in einem Moment wie diesem. Und er wird seine Gründe dafür haben, welche auch immer das sein mögen. Doch du willst dir nicht mal Gedanken dazu machen. Findest du nicht, dass das eine etwas arrogante Haltung ist?« Ohne Laras Antwort abzuwarten, fährt Carmen fort. »Du darfst dich nicht verschließen, Lara. Nur weil du krank bist, bist du doch nicht von der Gesellschaft ausgeschlossen. Die Krankheit macht die Dinge komplizierter, aber du bist deswegen nicht unsichtbar. Du bist immer noch ein Mädchen, eine junge Frau, und du hast ein Leben, das du maximal auskosten sollst. Ein Leben, für das es sich zu kämpfen lohnt. Genau, kämpfen. Für all das Schöne, das du noch vor dir hast, was auch immer es sein mag.«

Lara nimmt Carmen das Handy aus der Hand. Einen Moment lang sieht sie es an, als wäre es ein Gegenstand, den sie nie zuvor gesehen hat, der ihr überhaupt nichts sagt. Der dunkle Bildschirm und ein einziges blinkendes Licht in der Ecke, das sie um Gehör bittet, um Aufmerksamkeit. Sie dreht es ein paar Mal hin und her und legt es schließlich sanft auf den Nachttisch zurück.

»Es ist einfach nicht fair.«

»Nein«, gibt Carmen zu.

»Ich will nicht so sein, weißt du?«, sagt Lara niedergeschlagen. »Früher war ich auch nicht so. Ich war ein anderer Mensch. Nur kann ich mich an den kaum noch erinnern.«

Lara weiß nicht, wie sie es besser erklären soll. Es ist, als hätte die Krankheit sie verwandelt, als hätte sie sich ihrer bemächtigt und als würde sie sie innerlich austrocknen, nicht nur körperlich, sondern auch seelisch. So wie die Ärzte scheinbar nichts gegen die körperlichen Symptome ausrichten können, fühlt sie selbst sich machtlos gegenüber der Veränderung ihrer Persönlichkeit, die sie in den letzten Monaten durchgemacht hat, seit alles so viel schlimmer geworden ist. Seit sie eines Tages, überdrüssig, sich weiterhin in ihrem Glaskäfig zu verstecken, aufgehört hat, besonders auf sich aufzupassen, und einfach leben wollte wie ein ganz normales Mädchen ihres Alters.

Seit die Krankheit sie kurz darauf daran erinnert hat, dass sie kein Recht dazu hatte.

SECHS

Carmen schreitet ein paar Runden durch den Raum, als würde sie die richtigen Worte suchen, mit denen sie Lara Mut machen kann. Sie bewegt sich langsam, den Blick auf den Boden geheftet, die Hände hinter dem Rücken verschränkt.

»Das Leben ist ein Gleichgewicht zwischen Gesundheit und Krankheit«, sagt sie schließlich und setzt sich wieder auf den Stuhl. »Das eine existiert nicht ohne das andere, beide sind Teil desselben Zyklus. Beide sollten wir als etwas ganz Normales betrachten, statt das eine zu verteufeln und das andere in den Himmel zu loben – so oder so müssen wir durch beides durch.«

»Das musst du mir nicht sagen«, sagt Lara, ohne den Blick zu heben. »Das Problem ist nur, dass ich total aus dem Gleichgewicht geraten bin und es niemanden gibt, der es wiederherstellen kann.«

»Sag das nicht.«

»Warum nicht? Das denken doch alle. Du hättest mal die Gesichter der Ärzte heute Nachmittag sehen sollen ... Die Hälfte von denen glaubt nicht, dass ich die Nacht überlebe.«

»Das stimmt nicht. Sie geben alles, um dein Gleichgewicht wiederherzustellen. Das ist ihr Job. Und dein Körper gibt auch alles. Du bist die Einzige, die das Handtuch wirft.«

»Okay, dann spielt es ja auch keine Rolle, was ich denke«, erwidert Lara gereizt. »Bei den ganzen Medikamenten, und dem, was der da«, sie schlägt sich auf die Brust, »erledigt, kann ich ja ganz beruhigt sein. Ich geh dann besser mal schlafen und lass sie machen!«

»So einfach ist es nicht, das weißt du genau. Du bist mitten in einer entscheidenden Schlacht.«

»Das hast du jetzt schon tausend Mal gesagt!«

»Und ich werde es auch noch öfter sagen, du hörst mir ja offenbar nicht zu. Damit du überhaupt eine Chance hast, musst du es wirklich wollen.«

»Du meinst also wirklich, es liegt in meiner Hand, ja?« Lara wird immer aufgebrachter. Es sieht fast so aus, als wolle sie aufstehen. »Dass ich mit positivem Denken mehr erreichen kann als die ganze moderne Chemie? Was für eine Ärztin bist du eigentlich? Ich hab das Gefühl, du hast das Thema verfehlt!«

»Nein. Du willst nur nicht verstehen, was ich dir sage«, erwidert Carmen sehr ernst. »Du weißt genau, was ich meine. Stimmt, es kann sein, dass dein Körper sich von diesem Anfall nicht mehr erholt. War es das, was du hören wolltest? Bitte, dann habe ich es jetzt gesagt. Kann sein, dass alle Medikamente der Welt dir jetzt nicht mehr helfen können. Aber es gibt noch eine Chance. Und du lässt sie einfach verstreichen, weil du nicht mehr kämpfen willst.«

Lara sackt in sich zusammen, als hätte sie alle Kraft verloren. Ihre Wut von eben hat sich mit einem Mal in Luft aufgelöst.

»Ich kann nicht mehr, Carmen.«

»Niemand hat gesagt, dass es einfach ist. Hieß es nicht so in dem Song?«

»Ja, aber am Schluss endet es mit: *Niemand hat gesagt, dass es so schwer sein würde.*«

»Und was willst du tun?« Carmen erhebt die Stimme. Sie sieht wütend aus. »Sollen wir es einfach bleiben lassen? Die Rollläden runterlassen?«

»Es macht keinen Unterschied, was wir tun, das versuche ich dir ja die ganze Zeit schon zu erklären.«

»Und ich will dir immerzu erklären, dass das eben nicht stimmt!« Sie schiebt den Stuhl neben Laras Bett. Ihre Stimme ist jetzt wieder ganz sanft.

»Der menschliche Körper ist eine extrem komplizierte Maschinerie, die konstant Energie verbraucht, um sich am Laufen zu halten – als würde er von einem Motor angetrieben, das musst du dir vor Augen halten. Alle Prozesse, die im Körper ablaufen, werden optimal gesteuert und kontrolliert. Würden wir in einem perfekten Universum leben, in dem sich jedes Molekül absolut vorhersehbar und wenigen physikalischen Gesetzen folgend bewegen und agieren würde, würden wir weder krank werden noch altern. Nichts wäre vergänglich, und für die wenigen Probleme, die überhaupt auftreten könnten, hätte die Medizin schnell eine Lösung gefunden.«

»Das Leben ist aber nicht perfekt.«

»Nein, überhaupt nicht. Im Gegenteil: Es ist total unvorhersehbar. Es ist das Ergebnis von Millionen sekündlich ablaufender Geschehnisse, von Zufallsentscheidungen wie der, ob eine Münze auf der Kopf- oder der Zahlseite zum Liegen kommt, oder der, welche Karte ganz oben auf dem Stapel liegt oder welche Zahl ein Würfel anzeigt. Tausend Dinge können schiefgehen! Millionen! Gene können beschädigt sein, Proteine nicht funktionieren, chemische Substanzen plötzlich auftauchen und die ganze Maschinerie blockieren.«

»Das hilft mir aber nicht besonders viel ...«, sagt Lara. »Gerade wenn unser Universum vom Zufall beherrscht wird, wenn es eine Frage von Glück oder eben Pech ist, dass ich mit Genen auf die Welt gekommen bin, die nicht funktionieren, dass irgendein Protein mit verschränkten Armen dasteht und sich weigert, seine Arbeit zu machen, wenn es Zufall ist, dass die Münze ausgerechnet jetzt drei Mal hintereinander auf die Kopfseite gefallen ist und mir den letzten Stoß verpasst hat, der mich den Abhang hinunterstürzt ... wenn wir all das gar nicht verhindern können – welche Bedeutung soll es dann haben, was ich denke oder tue?«

»Du bist schon wieder ein bisschen voreilig in deinen Schlüssen, Lara. Unser Körper kann sein Gleichgewicht zum Glück auf viele verschiedene Arten halten. Er kann dem Zufall auf ganz unterschiedliche Art entgegenwirken. Die Evolution hat den Menschen mit Mechanismen ausgestattet, die ihn ziemlich effizient schützen. Dein Immunsystem zum Beispiel, das dir jetzt solche Probleme bereitet, hat im Laufe deines Lebens bestimmt schon Millionen Mal verhindert, dass eine tödliche Mikrobe in ihn eindringt. Möglicherweise hat es sogar irgendeine beschädigte Zelle zerstört, die sonst zu einer Krebszelle mutiert wäre.«

»Das Immunsystem bekämpft auch Krebs?«, fragt Lara überrascht. »Das wusste ich nicht.«

»Natürlich. Es hat auf alles ein Auge, was nicht rundläuft in dir. Nur ist es nicht allein damit. Es gibt noch andere Mechanismen, die kontinuierlich damit beschäftigt sind, Schäden und Fehler in deinen Zellen zu reparieren. Meistens sind sie dabei erfolgreich, aber manchmal kommen sie eben auch nicht an gegen die gegebenen Umstände. Dann, und nur dann, wirst du krank. Der Kampf um dein gesundes Gleichgewicht findet ohne Unterbrechung statt, er hört nie auf, auch wenn du nichts davon mitbekommst. Und normalerweise geht die Schlacht gut aus.«

»Außer wenn ein ›unerwartetes‹ Element das Gleichgewicht durcheinanderbringt und die Sicherheits- und Reparatursysteme außer Gefecht setzt. Dann tritt eine Krankheit auf.«

»Genau. Die Gründe dafür können ganz unterschiedlich sein. Mikroben zum Beispiel, die ich vorhin schon erwähnte. Manche Krankheiten entstehen auch durch ein defektes Gen, das vererbt wurde. Andere werden durch chemische Substanzen ausgelöst oder durch die uns umgebende natürliche Strahlung, auch durch Sonnenstrahlung zum Beispiel. Wieder andere Krankheiten entstehen einfach durch Verschleiß, durch eine Anhäufung minimaler Schäden in unseren Zellen, die sich im Laufe des Lebens durch ganz normale chemische Prozesse ausbilden. Wenn dann ein toxisches Molekül auf einen bestimmten Abschnitt der DNA einer Zelle einwirkt, kann Krebs entstehen; wirkt es auf eine etwas weiter entfernte Stelle ein, passiert vielleicht gar nichts. Grundsätzlich ist das Leben nun mal unvorhersehbar.«

»Okay, einverstanden: Man wird krank, weil man lebt. Nur nützt mir das nach wie vor wenig, wenn ich ehrlich bin. Denn wenn du deine Argumentation logisch weiterführst, befindet sich am Ende alles Lebendige unweigerlich in einem so miserablen Zustand, dass es schlicht nichts mehr zu reparieren gibt. Und das bedeutet den Tod.«

»Ohne die Vorstellung vom Tod gibt es kein Leben, klar«, erwidert Carmen mit einer Natürlichkeit, die Lara überrascht. »Das Leben ist per Definition nicht ewig. ›Denn Staub bist du, und zu Staub wirst du werden‹, heißt es schließlich schon in der Bibel.«

»Kein sehr vielversprechendes Ende.«

»Zu Staub werden wir aber nicht nur am Ende unseres Lebens. Zu Staub zu werden ist ein ganz kontinuierlicher Prozess.«

»Was meinst du mit kontinuierlich?«

»Hast du dich nie gefragt, woher all der Staub kommt oder wie Staub überhaupt entsteht – Tag für Tag immer neuer Staub?«

»Hm, ich weiß nicht, Staub besteht wahrscheinlich aus vielen verschiedenen Dingen, kleinen Erdkrümeln, Sand, Blütenstaub von Bäumen und anderen Pflanzen ... solche Dinge eben.«

»Stimmt, das alles ist auch dabei. Und da, wo Menschen sich aufhalten, finden sich im Staub auch abgestorbene Zellen, Hautzellen vor allem, die sich kontinuierlich ablösen. Der Staub hier in diesem Krankenzimmer ist bestimmt voll von deinen Zellen.«

Lara sieht angeekelt auf den Boden. Dann betrachtet sie ihre Arme. Sie berührt ihre Haut, als wäre sie kurz davor, von ihr abzufallen.

»Soll das heißen, dass ich am Ende überhaupt keine Zellen mehr habe?«

»Nein, keine Sorge. Es sterben zwar kontinuierlich Körperzellen ab, dafür werden sie aber auch durch neue Zellen ersetzt, die genauso kontinuierlich ›fabriziert‹ werden. So bleibt das Gleichgewicht erhalten, und du wirst bestimmt niemals ohne Zellen dastehen.«

»Fabriziert?«

»Okay, fabrizieren ist vielleicht nicht der passendste Begriff. Die neuen Zellen entstehen durch die Reproduktion anderer Zellen. Und genau das ist auch ihre Aufgabe: sich zu reproduzieren, um neue Zellen zu bilden.«

»Aber wenn wir aus Zellen bestehen und Zellen kontinuierlich absterben ... dann sterben wir selbst doch auch jeden Tag ein kleines bisschen.«

»Ja.«

Lara betrachtet ihre Hände. Sie schließt sie zu Fäusten, als wollte sie etwas darin festhalten.

»Aber – was ist denn dann eigentlich der Tod?«, fragt sie nach einer Weile. »Wir haben jetzt die ganze Zeit davon gesprochen, was Leben ist, aber die Frage nach dem Tod ist genauso interessant, vielleicht sogar noch interessanter. Ich lebe, und meine Zellen, jede einzelne meiner Zellen, lebt auch? Sie sterben ab und ich lebe weiter? Wann kann man denn eigentlich wirklich von Sterben sprechen? Wenn du ein paar meiner Zellen nimmst und in einer Dose aufbewahrst, wenn du sie am Leben erhalten kannst, selbst wenn ich längst verschwunden bin ... bin ich dann überhaupt gestorben?«

»Eine gute Frage. Genau so ein ›Experiment‹ wurde schon häufig durchgeführt. Wenn man bestimmte Veränderungen an ihnen vornimmt, sind Krebszellen praktisch unsterblich. Wissenschaftler entnehmen also Zellen aus einem Tumor und ›kultivieren‹ sie im

Labor. Wenn sie ausreichend Nahrung bekommen und geeigneten Umweltbedingungen ausgesetzt sind, was im Körper irgendwann nicht mehr der Fall ist, vermehren sich die Zellen immer weiter und können ewig leben. Deshalb gibt es heute in vielen Laboren auf der ganzen Welt lebende Zellen von Menschen, die schon vor Jahren oder sogar Jahrzehnten gestorben sind.«

»Könnte man das nicht als eine Art Unsterblichkeit ansehen?«

»Puh ...«

»Aber wenn du Leben so definierst, wie du es vorhin getan hast, also als die Fähigkeit zu wachsen, zu interagieren und sich zu vermehren, dann sind diese Leute doch irgendwie noch am Leben. Ihre DNA, die Basis von allem – darauf hatten wir uns ja geeinigt –, erstellt nach wie vor Kopien von sich selbst.«

»Aber wenn man Leben als die Fähigkeit definiert, sich des eigenen Lebens bewusst zu sein – genau das ist nämlich Leben aus einer menschlicheren Perspektive heraus betrachtet –, dann sind sie es eindeutig nicht mehr.«

»Stimmt. Dann wäre es eine ziemlich ungewöhnliche Art von Unsterblichkeit.«

»Zellen leben, weil sie all das tun, was auch Lebewesen tun. Sie ernähren sich, damit fängt es an. Um zu leben, sind alle Zellen auf Nahrung angewiesen, aus demselben Grund, aus dem auch du essen musst. Über all die Sandwiches, Milchshakes, Suppen, Früchte und Steaks, die du zu dir nimmst und im Magen und Darm verdaust, bekommen die Zellen Zucker, Proteine und Fette zugeführt. Um genau zu sein, werden diese Nährstoffe beim Verdauen abgespalten, damit sie über das Blut im Körper verteilt werden können und die Zellen all das bekommen, was sie brauchen. Das Gleiche gilt natürlich für den Sauerstoff, der bei jedem Atemzug in deinen Körper gelangt.«

»Dann sind meine Zellen also Millionen Minikopien von mir, mit Minimündern und Minimägen ...«

»Nicht so ganz«, sagt Carmen lachend. »Zellen haben keinen Magen wie du, aber dafür haben sie eine Vorrichtung, mit der sie alles, was sie essen, in die Moleküle zurückverwandeln können, die sie brauchen, um ihren Aufgaben nachkommen zu können. Nachdem sie einen Nährstoff verdaut haben, verteilen sie die Moleküle, verpacken und kombinieren sie, stellen Proteine her und erzeugen Energie.«

»Und das alles wird vom Genmaterial gesteuert, oder?«

»Ja. Fantastisch, nicht?«, sagt Carmen und zwinkert ihr zu.

»Fantastisch, faszinierend ... Da haben wir sie wieder, deine Lieblingsadjektive.«

»Aber ist es nicht so? Es ist doch faszinierend, dass Zellen sich genauso ernähren, wie ein mehrzelliger Organismus das auch täte. Und dass sie sich auch fortpflanzen und ...«

»Paaren sie sich eigentlich auch, so wie Menschen?«

»Nein, solche Komplikationen sparen sich die Zellen mehrzelliger Organismen. Ihre Fortpflanzung ist um einiges weniger aufregend als die der Menschen: Sie teilen sich ganz einfach in der Mitte. Jede Zelle bildet zwei Tochterzellen, die mit allem ausgestattet sind, was sie für ihr weiteres Überleben brauchen.«

»Ach ja, Mitose heißt das doch. Das hab ich zwar mal auswendig gelernt, aber irgendwie nicht ganz geschnallt ...«

»Mitose, genau. Deine Zellen ernähren sich, sie pflanzen sich fort, und dann machen sie noch etwas, das für Lebewesen ganz typisch ist: Sie treten in Beziehung zueinander. Sie empfangen Signale von außen, wie etwa die Temperatur oder das Vorhandensein von Nährstoffen, und interpretieren diese Signale – zum Beispiel verbrennen sie Zucker, um Wärme zu erzeugen, wenn es zu kalt ist, oder sie nehmen die Nährstoffe auf, die sie gerade brauchen. Das ist aber nicht alles – sie kommunizieren auch untereinander.«

»Sie sprechen? Also, ich meine, klar, dass sie nicht wirklich sprechen – aber haben sie eine Art eigene Sprache?«

»Ja. Für die Kommunikation bilden sie spezielle Moleküle, üblicherweise Proteine, die sie durch die sie umgebende Membran senden und deren Signale von Nachbarzellen durch so etwas wie Antennen aufgenommen werden. Durch diese Antennen stehen sie in permanenter Kommunikation mit ihrem Umfeld. Auf diese Art erzählen sie den anderen Zellen, wie ihr Befinden ist und sogar, was sie gerade benötigen; und sie verstehen, was die Nachbarzellen sagen. Weil sie miteinander kommunizieren, bilden sie gemeinsam ein viel komplexeres Lebewesen, als jede einzelne Zelle es allein ist. Deshalb geht auch nicht einfach jede Zelle ihren eigenen Bedürfnissen nach, das wäre ja das totale Chaos.«

»Dann sind wir also superkomplexe Lebewesen, die aus Billionen anderen, viel kleineren und einfacheren, koordiniert funktionierenden Lebewesen bestehen. Leben im Leben.«

»Fünfzig Billionen Zellen, aufgeteilt auf zweihundert verschiedene Typen, und jede einzelne ist spezialisiert auf eine ganz bestimmte Aufgabe. Die Herzmuskelzellen ziehen sich zusammen, um das Blut zu pumpen, die im Darm geben Säfte ab, mit denen die Nahrung verdaut wird, damit die Nährstoffe ins Blut gelangen, die im Gehirn und in den Nerven übertragen elektrische Impulse …«

»Aber wenn ich meine Hände ansehe oder mein Gesicht im Spiegel, dann sehe ich doch mich, einen einzigartigen Menschen, der anders ist als alle anderen.«

»Dafür kannst du dich bei deinen Zellen bedanken, und zwar bei allen – dafür, dass sie miteinander kommunizieren und sich abstimmen.«

»Na ja, manchmal stimmen sie sich ja nicht so gut ab.«

»Stimmt – und dann wirst du krank.«

»Ich habe manchmal den Eindruck, dass die Natur uns Krankheiten als Zeichen schickt, damit wir uns immer daran erinnern, dass wir weder unbesiegbar noch unsterblich sind.«

»So kann man es auch sehen. Krankheiten hat es immer gegeben, und es wird sie auch immer geben. Sie sind Teil der körperlichen Abnutzung und der Interaktion mit unserer Umgebung. Man kann sie nicht alle ausrotten, unmöglich. Man hat zwar inzwischen Wege gefunden, sie in den Griff zu bekommen, aber es tauchen auch immer wieder neue Krankheiten auf. Das passiert vielleicht durch unseren veränderten Lebenswandel oder durch die ganz normale Evolution von Mikroorganismen oder durch Faktoren, die wir vielleicht noch gar nicht kennen. Ein Beispiel wäre die Verdichtung der atmosphärischen Gase, die durch die Umweltverschmutzung hervorgerufen wird.«

»Und fühlst du dich angesichts dessen nicht … wie soll ich sagen … ohnmächtig? Warum sollte man Medizin studieren, wenn man doch weiß, dass man sich damit auf ein Spiel einlässt, das man gar nicht gewinnen kann?«

»Wenn du mit gewinnen meinst, dass man verhindern kann, dass die Menschen sterben, gebe ich dir recht – da ist nichts zu machen. Aber darum geht es gar nicht in der Medizin. In der Medizin geht es darum zu versuchen, dass die Menschen gesund sind und bleiben, dass sie ein ausgeglichenes Leben führen und eine möglichst hohe Lebensqualität genießen können, und zwar je länger, desto besser. Und da liegt noch viel Arbeit vor uns.«

»Flickwerk.«

»Nenn es, wie du willst. Ich finde nicht, dass unsere Arbeit vergeblich ist, im Gegenteil.«

»Nein, klar, das habe ich auch nicht gemeint. Ihr macht gute Arbeit, und wir alle können uns glücklich schätzen, dass ihr sie macht. Mir ist schon klar, dass ich ohne euch längst nicht mehr hier wäre. Ihr gebt euer Bestes, damit wir so gut wie möglich über die Runden kommen – und trotzdem ist es doch immer nur eine Lösung auf Zeit, ein kleiner Flicken auf einem riesigen Loch.«

Carmen zuckt mit den Schultern.

»Zeit ist nun mal die Einheit, in der wir die Existenz messen. Zeit ist die Währung des Lebens. Wenn wir die Zeitersparnisse von Kranken aufstocken können, und wenn es nur minimal ist, wenn wir verhindern können, dass sie vorzeitig aufgebraucht sind, dann haben wir doch eine ganze Menge gewonnen.«

Lara nickt.

»Das kann ich nicht abstreiten.«

Unvermittelt überlegt sie, wie viele Ersparnisse ihr wohl noch bleiben. Sollten sie ihr wirklich bald ausgehen? Soll so alles zu Ende gehen, im Morgengrauen, in einem Krankenhausbett, neben einer Fremden, weit weg von den Menschen, die sie lieben? Sie wirft einen Blick auf den Nachttisch. Weit weg von allen, die ihr etwas bedeuten?

Will sie wirklich, dass das ihr Ende ist?

Es macht sie wütend, das zuzugeben, aber Carmen hat schon recht: Sie allein hat sich in diese Lage gebracht. Sie allein hat sich abgekapselt, dafür kann sie niemand anderem die Schuld geben. Ihre Freundinnen … vielleicht haben sie sich nicht haargenau so verhalten, wie sie es erwartet hätte, okay – aber für die anderen ist die Situation schließlich auch nicht leicht. Lara kann nicht erwarten, dass sie immer genau wissen, was sie gerade braucht, dass sie ihre Gedanken lesen können. Sie muss auch ihnen helfen.

Aber es ist eben einfacher zu sagen, dass sie müde ist, wenn ihre

Freundinnen anrufen, um sich mit ihr zu verabreden. Es ist einfacher zu sagen, dass sie heute nicht kann oder keine Lust hat. Vielen Dank, aber heute passt es nicht so gut. Es ist einfacher, zu Hause zu bleiben und zu lesen oder fernzusehen, als sich aufzuraffen. Als zu riskieren, sie zu enttäuschen, sich selbst zu enttäuschen. Es ist einfacher, die Krankheit die Partie gewinnen zu lassen, bevor sie überhaupt begonnen hat.

Und dann werden die Anrufe immer seltener, klar. Sie bekommt immer weniger Einladungen, wird immer weniger in die Planungen der anderen einbezogen. Aber an wem liegt das eigentlich? Es kommt, wie es kommen musste – weil Lara es so will. Nicht die Krankheit macht sie zu einem anderen Menschen, das macht sie schon selbst. Und deshalb kann auch niemand sagen, dass die Krankheit sie bezwungen hat.

Krankheit ist Teil des Lebens, sagt Carmen. Für Lara aber *ist* die Krankheit das Leben. Sie hat zugelassen, dass die Krankheit alles andere ersetzt. Nur: Wie kann sie jetzt zurückverlangen, was ihr zusteht?

Dafür ist es zu spät.

Ist es das wirklich? Gibt es nicht doch noch ein kleines bisschen Hoffnung? Vor ein paar Stunden wäre ihr Urteil noch ganz eindeutig ausgefallen, aber jetzt ...

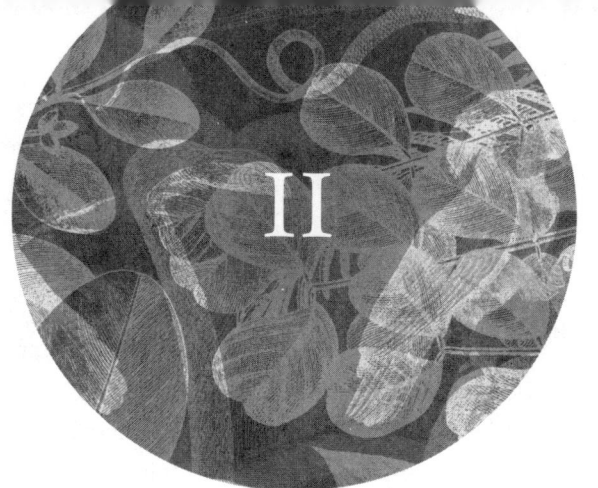

Lara fürchtet, Carmen könnte ihr den Kommentar von eben übel nehmen. Dabei wollte sie sie gar nicht angreifen. Jetzt weiß sie nicht, was sie sagen soll, um es wiedergutzumachen. Sie merkt, dass sie Carmen braucht. Sie braucht sie an ihrer Seite, sie braucht es, ihr zuzuhören. Ihre Worte bringen nach und nach wieder die Lara von früher zum Vorschein. Die Rückverwandlung ist aber noch nicht abgeschlossen. Kann sein, dass auch gar nicht genügend Zeit bleibt, sie abzuschließen, aber zumindest verspürt Lara das Bedürfnis, es zu versuchen. Zum ersten Mal seit langer Zeit sieht es so aus, als müsse ihr Schicksal gar nicht notwendigerweise in diese eine Richtung laufen, als käme es auch darauf an, was sie selbst will.

Bevor sie noch länger darüber nachdenken kann, was sie sagen könnte, fährt Carmen fort.

»Du musst dir aber auch vor Augen halten, dass die ›Flicken‹, die uns zur Verfügung stehen, immer besser entwickelt sind. Wir verstehen unser Handwerk immer besser. Wenn zum Beispiel irgendein Körperteil aufgrund einer Krankheit nicht mehr richtig funktioniert, könnte die beste Option ja auch darin bestehen, dieses Körperteil einfach auszutauschen, bevor es zu spät ist – statt Tabletten zu schlucken.«

»Das wird aber doch schon lange gemacht. Transplantationen meinst du, oder?«

»Genau. Findest du nicht, dass das ein enormer Fortschritt ist? Das Problem ist nur, dass man heutzutage ein solches ›Ersatzteil‹, ein solches neues Organ, nur auf einem Weg bekommt: von einem Spender nämlich. Das bringt eine Menge Schwierigkeiten mit sich. Einerseits können Organe nicht über längere Zeit aufbewahrt werden. Sie müssen innerhalb weniger Stunden transplantiert werden, ansonsten nehmen sie Schaden. Organe, von denen der Mensch zwei Exemplare hat, wie zum Beispiel die Nieren, können auch lebenden Spendern entnommen werden. In allen anderen Fällen aber muss der Spender gerade eben gestorben und dazu jung genug sein, damit sein Gewebe noch gesund ist. Deshalb übersteigt auch die Nachfrage nach Transplantationsorganen mit Abstand das Angebot. Und weißt du, was das andere entscheidende Problem ist?«

»Klar. Daran ist mein bester Freund schuld«, sagt Lara so ironisch wie schmerzerfüllt, »das Immunsystem: Die Organe können abgestoßen werden.«

»Sehr gut. Das Immunsystem ist darauf vorbereitet, fremde Elemente, wie etwa Mikroben, zu bekämpfen. Das Gewebe eines Menschen zu entnehmen und in einen anderen Körper einzusetzen, aktiviert diesen Verteidigungsmechanismus, weil der Körper auch dieses Gewebe als etwas Fremdes einstuft. Wenn man nichts dagegen unternimmt, ist das neue Organ in null Komma nichts zerstört.«

»Deshalb sucht man ja üblicherweise auch Spender, die dem Kranken genetisch ähnlich sind, Kinder oder Geschwister zum Beispiel – so will man das Immunsystem austricksen.«

»Das genügt aber nicht. Zusätzlich müssen Medikamente eingesetzt werden, sogenannte Immunsuppressiva – du kennst sie, hin und wieder musst du sie auch einnehmen.«

»Den Verteidigungsmechanismus einfach abschalten. Wenn es doch so einfach wäre ...«

»Dass das eben gar nicht einfach ist, weißt du ja selbst. Es komplett auszuschalten, ist sogar sehr schwierig. Die meisten transplantierten Organe versagen nach ein paar Jahren, wahrscheinlich aus genau dem Grund, weil sich die Immunabwehr des Körpers eben nicht komplett abschalten lässt. Außerdem macht die Unterdrückung des Immunsystems anfällig für den Angriff von Mikroben, die in den Körper eindringen können. Deshalb sind Menschen, die ein Transplantat bekommen haben, auch eher empfänglich für schwere Infekte.«

»Kurzum: Deine Ideallösung, nämlich einfach ein Ersatzteil für ein kaputtes Organ einzubauen, ist also doch weniger genial, als es auf den ersten Blick scheint.«

»Jedenfalls nicht in der Form, wie es heute praktiziert wird. Aber die Dinge ändern sich, deshalb bin ich überhaupt auf das Thema gekommen. Zum einen gibt es in manchen Fällen Alternativlösungen zur Transplantation. Die Dialyse zum Beispiel, bei der ein Apparat temporär die Funktion der Nieren übernimmt, also das Blut von giftigen Substanzen ›säubert‹.«

»Das sind aber große Apparate, die man nicht mitnehmen kann. Nicht wie ein Schrittmacher zum Beispiel, der einem eingesetzt wird.«

»Sehr gut – jetzt hast du gleich noch ein Beispiel für eine mechanische Lösung für ein nicht mehr funktionstüchtiges Organ gefunden, in diesem Fall für das Herz. Aber du hast schon recht, es gibt noch längst nicht genügend solcher Beispiele, und viele sind noch dazu ziemlich unpraktisch. Aber es gibt noch andere Optionen. Denk mal an Diabetes.«

»Ach ja: Insulin.«

»Ja. In dem Fall übernehmen wir die Aufgabe der Bauchspeicheldrüse, die normalerweise für die Insulinproduktion zuständig ist. Insulin wird zur Regulierung des Blutzuckerspiegels benötigt. Bei manchen Formen von Diabetes ist der Insulinspiegel nicht hoch genug. Ein Grund dafür kann sein, dass die Zellen der Bauchspeicheldrüse nicht im nötigen Tempo arbeiten. Das führt zu einem gefährlichen Anstieg des Blutzuckers, was ernsthafte Komplikationen bis hin zum Tod zur Folge haben kann. In leichteren

Diabetesfällen kann eine schwache Bauchspeicheldrüse durch Tabletten angeregt und gezwungen werden, mehr Insulin zu produzieren. Wenn die Bauchspeicheldrüse aber trotz Tabletten nicht leistungsfähiger wird, ist die beste Option, die nötige Menge Insulin zu spritzen.«

Lara schüttelt den Kopf.

»Aber auch damit sind doch nicht alle gesundheitlichen Probleme gelöst. Am Ende macht eben doch alles schlapp. Leber, Bauchspeicheldrüse, Herz. So viele Flicken gibt es gar nicht, um alle Wunden abzukleben.«

»Nein, das stimmt. Aber wir hören nicht auf, immer weiter nach Alternativen zu suchen. Eine Möglichkeit, und darauf wollte ich eigentlich hinaus, könnte die regenerative Medizin sein.«

»Warte – wo hab ich das kürzlich schon einmal gehört? Im Radio, glaube ich. Wenn ich mich recht erinnere, wurde da ein Wissenschaftler interviewt, der auf dem Gebiet arbeitet. Regenerative Medizin ... das hat doch mit Stammzellen zu tun, oder?«

»Ja. Die Idee ist einfach: Man züchtet im Labor Organe und Gewebe aus Stammzellen, die man dann später transplantieren und so eine Krankheit heilen kann.«

»Supereinfach!«

»In der Praxis ist es dann doch nicht so einfach. Aber es wäre großartig, wenn es so funktionieren würde. Statt die Ursache einer Krankheit zu bekämpfen, tauscht man einfach das beschädigte Teil aus.«

»Wenn das irgendwann gelingt, hätte man wirklich viel erreicht, stimmt. Aber bis dahin liegt bestimmt noch eine Menge Arbeit vor uns. Wir sind sicher noch weit davon entfernt, und es ist nicht sehr wahrscheinlich, dass wir irgendwann dorthin gelangen.«

»Das kann man so nicht sagen. Klar gibt es eine Menge Probleme, die erst noch zu lösen sind – aber trotzdem sind wir näher dran, als du meinst. Ein paar Organe wurden tatsächlich schon aus Stammzellen gezüchtet. Luftröhren zum Beispiel.«

»Eine Luftröhre ist ja auch einfach nur ein hohler Schlauch, oder nicht? Das kann ja nicht so kompliziert sein ...«

»Ist es aber, glaub mir. Aber es stimmt schon – verglichen mit anderen Organen ist die Struktur einer Luftröhre relativ einfach. Leber- und Lungengewebe konnte man aber auch schon erzeugen, und das ist schon um einiges komplexer. Bei einem ganzen Organ ist das noch nicht gelungen, aber wir sind dran.«

Lara reibt sich die Augen. Sie verliert allmählich die Geduld. Was sie braucht, ist Umsetzbares, und zwar jetzt, keine Versprechen, die irgendwo in der Zukunft liegen.

»Das alles nützt mir doch nichts. Man kann ja wohl kaum ein komplettes Immunsystem im Labor züchten und mir einpflanzen.«

»Stimmt«, sagt Carmen unverändert ruhig. »Manche Krankheiten muss man anders angehen. Durch Medizin und Biologie hat man über viele Krankheiten eine Menge herausgefunden. Man kennt ihre Ursachen und weiß, wie sie sich entwickeln. Ein paar Faktoren kann man also kontrollieren. Du kannst vielleicht nicht verhindern, dass du krank wirst, aber du kannst bei bestimmten Krankheiten die Wahrscheinlichkeit herabsetzen, dass du sie bekommst.«

»Wenn ich nicht rauche, bekomme ich keinen Lungenkrebs, das kommt doch jetzt, oder?«

»In den meisten Fällen kommt Lungenkrebs von Tabak, ja.«

»Tja, dafür ist es wohl zu spät, fürchte ich. Ich habe nie geraucht, und selbst wenn ich jetzt sofort damit anfangen würde, würde mir wohl kaum genug Zeit bleiben, einen Krebs zu entwickeln.«

»Komm schon – ich dachte, wir hätten uns darauf geeinigt, dass du nicht so negativ sein musst.«

»Bis jetzt habe ich noch nicht wirklich einen Grund, meine Haltung zu ändern.«

»Hey, ich geb mein Bestes – nur dein Beitrag hält sich ja leider in Grenzen. Manchen Krankheiten kann man vorbeugen, anderen nicht – so ist das eben. Pech haben kann jeder, davor kann man sich nicht schützen. Letztlich ist es mit Krankheiten genauso wie mit Verkehrsunfällen, eine der anderen häufigsten Todesursachen in den Industrieländern. Man kann sie nicht verhindern. Niemand kann kontrollieren, wie sich die anderen Autofahrer verhalten – aber deshalb fährt man ja nicht selbst wie ein Irrer, oder?«

»Nein, natürlich nicht.«

»Das würde einen Zusammenstoß schließlich noch wahrscheinlicher machen. Es ist also nur vernünftig, zumindest mit dem Part sehr sorgsam umzugehen, den man selbst kontrollieren kann. Der Rest ist Glückssache, und wir können darauf kaum Einfluss nehmen. Das heißt aber nicht, dass man völlig achtlos vor sich hin leben sollte, nur weil es schließlich immer Faktoren gibt, die man nicht beeinflussen kann. Das gilt sowohl für die Prävention als auch für die Behandlung – und lässt sich auf alle Krankheiten anwenden.«

Carmens Worte scheinen endlich eine Wirkung auf Lara zu zeigen. Einen Moment lang schließt sie die Augen, als hätte man sie von einer Last befreit. Sie nimmt einen tiefen Atemzug und lässt zu, dass alles auf einmal an die Oberfläche kommt. Ihr frustrierter Gesichtsausdruck verschwindet und macht einem anderen Platz, der fast so etwas wie Hoffnung ausdrückt.

»Was würdest du denn an meiner Stelle tun?«, fragt sie mit dünner Stimme.

»Was ich dir schon gesagt habe: kämpfen. Mit Händen und Füßen würde ich mich wehren. Mit allen Mitteln, die mir zur Verfügung stehen. Bis ganz zuletzt. Nicht basta sagen, sondern durchkommen wollen. Das ist genauso wichtig wie die Medikamente, die du bekommst. Und es ist alles, was du im Moment tun kannst. Während dein Körper sich nach Kräften bemüht, unterstützt durch die Medikamente, wieder zu seinem Gleichgewicht zu finden, musst du ihm einen Vertrauensbeweis liefern. Selbst wenn die Wahrscheinlichkeit, dass er es schafft, gering wäre – und das ist sie nicht. Selbst wenn die Wahrscheinlichkeit eins zu einer Million wäre – wenn du nicht würfelst, wirst du nie wissen, ob deine Zahl kommt oder nicht.«

Und dann beschließt Lara, dass sie es versuchen wird. Um jeden Preis wird sie es versuchen, wohin das auch führen mag. Sie wird nicht zulassen, dass diese verfluchte Krankheit die Partie gewinnt. Wenn das wirklich das Ende sein soll, will sie zumindest die Möglichkeit nutzen, sich zu wehren. Solange noch eine Chance besteht, wird sie kämpfen.

Es ist Zeit, wieder die Lara von früher zu sein, die Lara, die sich nie geschlagen gegeben hat.

SIEBEN

I

Lara schlägt die Bettdecke zur Seite. Dann versucht sie, die Füße auf den Boden zu stellen, aber allein schon die Beine anzuheben, kostet sie viel Mühe. Wie ein kompakter Zementblock fühlen sie sich an.

Als Carmen sieht, was Lara vorhat, kommt sie näher, um sie zu unterstützen. Sie hilft ihr, sich aufzurichten und sich auf den Bettrand zu setzen.

»Danke.«

»Willst du aufstehen?«

»Nur kurz. Ich lieg hier schon so lange, dass ich gerade das Gefühl hatte, so langsam mit der Matratze zu verschmelzen.«

»Hm«, meint Carmen, »sieht allerdings ganz danach aus, als wären dir deine Beine erhalten geblieben.«

Lara sieht ihre Beine an. Dürr und bleich sehen sie unter dem Krankenhaushemd hervor. Sie machen nicht den Eindruck, dass sie Laras Körpergewicht tragen könnten, aber versuchen will sie es doch.

Carmen nimmt sie an der Hand und zieht sie langsam hoch, bis Lara vor ihr zum Stehen kommt. Ein paar Sekunden lang bleibt sie so stehen, als hätte sie Angst, plötzlich in sich zusammenzufallen. Schnell merkt sie jedoch, dass sie mehr Kraft hat, als sie dachte.

»Tut das gut! Ich hatte solche Lust, endlich aufzustehen. Ich will weg hier und über eine Wiese laufen oder über den Strand ... Den Wind im Gesicht spüren statt diesen Apparat da«, sie zeigt auf das Gitter an der Decke, »ich hab das Gefühl, der bläst mir Luft aus der Dose ins Gesicht.«

»Sehr gut, so gefällst du mir!«, meint Carmen zufrieden. »Siehst du, ist doch gar nicht so schwierig.«

»Was denn?«

»Positiv zu sein. An die Zukunft zu denken, daran, was du machen wirst, wenn du wieder zu Hause bist.«

Lara lächelt scheu.

»Hilfst du mir, zum Fenster zu gehen?«

Carmen betrachtet die Kabel, die von Laras Brust in den Apparat neben dem Kopfende des Betts führen.

»Ich weiß nicht, ob die lang genug sind ...«

»Nur ein bisschen«, bittet das Mädchen sie, »ich will den Himmel sehen.«

Carmen nickt und geht zu dem Apparat, ohne dabei Laras Hand loszulassen.

»Warte, ich schaue mal, ob ich es hinbekomme.«

Sie ruckelt an dem Apparat herum, bis sie ihn einen Meter weit in Richtung Fenster geschoben hat. Dann nimmt sie die Flasche mit der Infusion, mit der Laras Arm über einen Plastikschlauch verbunden ist, und rückt sie ebenfalls zum Fenster hin. Dasselbe macht sie mit dem Drainagekanal, der zwischen Laras Rippen austritt.

»Jetzt versuch's mal.«

Lara macht ein paar zögerliche Schritte auf ihr Ziel zu und stützt sich dabei auf Carmens Arm. Schließlich steht sie vor der Scheibe. Sie streckt die Hand aus, um das Glas zu berühren. Es ist kalt, als wäre die Scheibe aus Metall. Sie sieht nach oben, will den Mond finden, aber da sind nur Wolken in einem gänzlich dunklen Himmel.

Ein wenig enttäuscht dreht sie sich um und lehnt sich an die Wand. Kurz schließt sie die Augen und stellt sich vor, dass sie weit weg ist von diesem Raum.

»Alles okay?«, fragt Carmen.

»Ja, ja. Ich hab nur die Freiheit genossen, nicht mehr in die Decke eingepackt zu sein ... auch wenn ich immer noch in den gleichen vier Wänden bin.«

Sie sieht ihre Hände an, als wären es nicht ihre. Der eigentliche Käfig ist nicht das Krankenhauszimmer, sondern ihr eigener Körper. Ein kaputter Körper, von dem die Ärzte nicht wissen, ob sie ihn wieder hinbekommen. Wenn sie ihm entfliehen könnte, wäre alles anders ...

»Es ist doch nutzlos«, sagt sie und sieht Carmen an. »Unser Körper kann noch so sehr dafür kämpfen, sein ideales Gleichgewicht zu erhalten, von dem du gesprochen hast, und die Ärzte können uns noch so sehr helfen – den Krieg werde ich in jedem Fall verlieren.«

»Kommt darauf an, wie du es siehst.«

»Der Verfall ist unaufhaltsam. Egal, ob er nun schneller voranschreitet oder langsamer – er wird voranschreiten, so viel ist sicher.«

Carmen zuckt mit den Schultern.

»Klar, aber das ...«

»Ist doch irgendwie ein absurdes System, wenn du dir es mal überlegst«, unterbricht Lara sie. »Vom Tag unserer Geburt an beginnt ein Wettlauf gegen die Zeit, ab da versuchen wir, unsere Zeit so lang wie möglich auszudehnen, aber dass der Körper allmählich verfällt, können wir einfach nicht verhindern. Wenn die Evolution wirklich schlau wäre, hätte sie uns das ganze Leid doch erspart.«

»Wie denn? Indem sie uns nie altern ließe?«

»Zum Beispiel. Dieser kontinuierliche Verschleiß hat doch keinen Sinn.«

»Die Abnutzung, das Altern des Körpers, haftet nun mal unvermeidbar allem an, was lebt. Das müssen wir akzeptieren, Lara. Zumindest im Moment.«

»Im Moment?«, fragt Lara mit geweckter Neugierde. »Willst du damit sagen, dass man eines Tages etwas daran ändern kann?«

»Ich weiß nicht. Es gibt schon Leute, die daran glauben. Experten, meine ich, Wissenschaftler, die genau wissen, wovon sie sprechen. Aber vielleicht sind sie ja auch zu optimistisch, keine Ahnung.«

»Optimistisch? Eher leicht verblendet, würde ich sagen.«

»Na ja, sie haben schon ihre Gründe. Es gibt viele verschiedene Theorien über das Altern – nur weiß man noch nicht, welche davon tatsächlich zutrifft. Das heißt aber nicht, dass wir nicht schon eine Menge über Alterungsprozesse wissen. Und dieses Wissen ist der erste Schritt, um die Prozesse eines Tages stoppen zu können oder sogar rückgängig zu machen – wenn das denn grundsätzlich möglich sein sollte.«

»Ich würde ja gerne glauben, dass du recht hast, aber ehrlich gesagt hört sich das für mich eher nach Science-Fiction an.«

»Meinst du? Ich weiß nicht recht. Durchs Mikroskop betrachtet, kann man ganz deutlich sehen, dass die Zellen mit den Jahren Schaden nehmen, was eine ganze Reihe nachweisbarer und zahlenmäßig erfassbarer Symptome mit sich bringt. Wir fassen diese Symptome unter dem Begriff ›alt werden‹ zusammen, aber eigentlich sind sie nichts anderes als Manifestationen einer Reihe biochemischer Veränderungen auf Zellniveau, und diese Veränderungen haben Namen. Dahinter steckt nichts Geheimnisvolles, das ist pure Biologie. Deshalb ist die Vorstellung auch keineswegs absurd, dass man eines Tages etwas gegen diese Veränderungen unternehmen kann.«

»Du meinst, so etwas wie einen Ausschaltknopf für den Alterungsprozess?«

»Ausschalten ist vielleicht zu extrem. Bremsen? Verlangsamen?«

»So klingt es gar nicht mal so undenkbar, stimmt.«

»Ja, vielleicht ist es das auch nicht. Schau dir mal andere Lebewesen an. Wie hoch die Lebenserwartung eines Tieres ist, hängt stark davon ab, welcher Art es angehört. Manche Schildkröten können mehrere Hundert Jahre alt werden, bestimmte Fliegen dagegen erleben nicht mal einen ganzen Tag. Wenn wir nur wüssten, warum das so ist ... Menschen leben heute im Durchschnitt etwa 75 Jahre lang, zumindest in den Industrieländern. Es gab aber auch schon Menschen, die weit über hundert wurden.«

»Schon, aber halt als Mumien.«

»Das stimmt nicht. Die Lebensdauer ist eine Sache, die Lebensqualität eine andere, das darf man nicht verwechseln. Vielen dieser Leute, die so alt werden, geht es verhältnismäßig gut.«

»Aber – wo ist dann die Grenze?«

»Vielleicht sollte die Frage anders lauten: Gibt es überhaupt eine Grenze? Der älteste Mensch, von dem man weiß, ist 122 Jahre alt geworden. So alt war die Französin Jeanne Calment, als sie 1997 starb. Mit hundert ist sie noch Fahrrad gefahren, sie war also noch ziemlich fit. Bei dem Gesicht, das du machst, weiß ich schon, was du als Nächstes fragen wirst ...«

»Liegt ja auf der Hand, jeder würde sich diese Frage stellen: Warum lebt eine Frau Calment in bester Verfassung so viele Jahre lang, während andere schon nach der Hälfte der Zeit völlig am Ende sind?«

»Das ist die Preisfrage, klar. Vermutlich ist eine Kombination aus umwelttechnischen und genetischen Faktoren dafür verantwortlich, warum manche Menschen schneller altern als andere. Krankheiten, die das Leben verkürzen können, mal außer Acht gelassen – ich meine jetzt nur den ganz normalen Alterungsprozess. Giftstoffe in der Umwelt beschleunigen den Zerfall der Zellen, so viel weiß man. Was wir essen, unsere Exzesse ... alles schlägt sich nieder. Aber auch unsere Widerstandskraft spielt eine Rolle, und die ist wiederum genetisch bedingt.«

»Anders gesagt: Wir haben keine Ahnung.«

Carmen lächelt und schüttelt den Kopf.

»Für dich gibt es nur schwarz oder weiß, hm? Was genau das Altern verursacht, weiß man zwar nicht mit Sicherheit, aber ich habe dir ja vorhin schon gesagt, dass es unterschiedliche Theorien dazu gibt. Die vielleicht bekannteste und zugleich bedeutendste ist die der Oxidation.«

»Ja, davon habe ich gehört. Eine Tante von mir nimmt täglich Antioxidationsmittel in Tablettenform ein, weil sie meint, dass sie dadurch jung bleibt.«

»Das Thema Oxidationsmittel ist ziemlich komplex – Tabletten helfen da leider wenig, sonst würde wohl jeder hundert werden.«

»Sag das bloß nicht meiner Tante, die wäre nicht so begeistert, wenn sie das hört.«

»Tut mir leid für deine Tante, aber die Wissenschaftler, die sich mit dem Thema beschäftigt haben, sind sich einig darin, dass die Sache viel komplexer ist, als man dachte. Eine genetisch veränderte Maus aus dem Labor zum Beispiel, die ein Übermaß an Antioxidantien produziert, lebt wesentlich länger als eine normale Maus. Und umgekehrt: Eliminiert man Gene, die mit den Oxidantien in den Zellen aufräumen, altern die Tiere früher. Allgemein leben die Tiere länger, die gewohnheitsmäßig größere Mengen an Antioxidantien produzieren.«

»Aber dann ist ja alles klar. Meine Tante hat doch recht!«

»Du lässt mich wohl nie zu Ende reden, hm?«, protestiert Carmen und zwinkert Lara zu. »Stimmt schon, diese ganzen Versuche mit Mäusen und anderen Tieren sprechen für die Oxidationstheorie. Außerdem – und das ist ganz wichtig – zeigen sie, dass man das Altern kontrollieren kann, dass altern also kein unumstößlicher Prozess ist. Nur lassen sich die im Labor erzeugten genetischen Veränderungen nicht auf den Menschen übertragen, und zwar sowohl aus fachlichen als auch aus ethischen Gründen. Und die Antioxidantien in Pillenform haben nicht den gleichen Effekt.«

»Warum nicht?«

»Wegen der Dosis, die man verabreichen müsste, wegen der tatsächlichen Auswirkungen, die die chemischen Substanzen haben … all das ist noch gar nicht vollständig geklärt. Dafür hat sich gezeigt, dass die Einnahme von Antioxidantien scheinbar weder den körperlichen Verfall noch Krankheiten verhindert. In manchen Fällen kann es sogar zu gesundheitlichen Problemen kommen. Zum Beispiel gibt es Verteidigungsmechanismen gegen Krebs, die ausgerechnet Oxidantien benötigen, um zu funktionieren. Manche Leute glauben, dass Antioxidantien sie dabei behindern.«

»So ein Mist!«

»Das heißt aber nicht, dass wir zukünftig nicht doch ein Mittel finden werden, mit dem wir das Thema Oxidation in den Griff bekommen. Bei Tieren ist es ja schon geglückt, jetzt muss nur noch die passende Form gefunden werden, wie das Ganze auf den Menschen übertragen werden kann.«

»Mhm. Und außerdem stehen wir doch wahrscheinlich erst ganz am Anfang der ganzen Studien über Oxidantien.«

»Glaub das nicht. Die Theorie über das Altern durch Oxidation ist sogar ziemlich alt, sie wurde 1956 von Dr. Denham Harman formuliert. Er meinte, dass die Zellen einem permanenten ›oxidativen Stress‹ ausgesetzt seien, wie er es nannte.«

»Jetzt sind auch noch Zellen gestresst!«

»Klar! Wenn der Sauerstoff, der uns umgibt und den wir zum Leben brauchen, in den Zellen zur Energiegewinnung verarbeitet wird, fallen giftige Abfallprodukte an, und diese Abfallprodukte ›oxidieren‹ die Proteine und die DNA.«

»Oxidieren? Du meinst, als ob sie aus Eisen wären?«

»In gewisser Weise kann man das schon mit Rost vergleichen, der sich bildet, wenn Eisen der Luft ausgesetzt ist, ja. Die chemischen Prinzipien dahinter sind dieselben. Und jetzt stell dir so einen ›Rost‹ mal in der Zelle vor. Mit der Zeit würden die Bestandteile der Zelle immer kaputter werden, und irgendwann, Jahre später, wäre die Zelle nicht mehr funktionstüchtig.«

»Verdammter Verschleiß! Wenigstens verfallen wir nur langsam, das ist doch tröstlich.«

»Ja, vor allem, weil es da diese Sicherheitsvorkehrungen gibt, die aufgetretene Fehler beseitigen – auch solche, die durch Oxidation entstanden sind. Man geht davon aus, dass die DNA täglich Tausenden oder vielleicht sogar Millionen schädlicher chemischer Veränderungen ausgesetzt ist. Die meisten dieser Schäden können repariert werden; ein Teil davon aber versteht es, die Abwehrmechanismen zu umgehen, und irgendwann häufen sich dann die Probleme.«

»Das perfekte System gibt es einfach nicht, stimmt's?«

»Nein, kein biologisches System ist perfekt.«

Lara fragt sich, wie sehr ihr eigener Körper wohl schon oxidiert ist. Wie viel Zeit ihr noch bleibt, bevor sie schrumpelig wird wie eine Rosine und ihre Funktionen aussetzen? Wird sie überhaupt lange genug leben, um das zu erfahren, oder wird das Rennen vorher schon entschieden sein?

»Ich war immer neugierig, wie ich wohl aussehen würde, wenn ich alt bin«, sagt sie unvermittelt.

»Du wirst bestimmt eine ganz aparte Oma.«

»Wenn es überhaupt so weit kommt, vielleicht … Aber ich meinte eigentlich gar nicht, ob ich noch gut aussehe oder nicht. Mich interessiert eher, wie mich die Zeit in meiner Persönlichkeit verändern wird, zu was sie mich machen wird.«

»Stimmt – dass die Zellen mit den Jahren abbauen, ist ja nicht alles«, präzisiert Carmen. »Auch als Mensch veränderst du dich, als Persönlichkeit. Und da ist es gerade umgekehrt: Das Alter macht dich besser.«

»Na ja – manche Alten sind nicht zum Aushalten!«

»Allerdings«, sagt Carmen lachend, »manche jungen Leute aber auch nicht.«

»Stimmt. Ich kenne ein paar von der Sorte. In meiner Klasse sind Leute, die sich aufführen wie die Neandertaler, ich schwör's dir. Bei denen wird es auch nichts bringen, dass sie älter werden, genauso wenig wie ein paar anständige Verweise.«

»Aber bestimmt ist auch einer darunter, der heute schon ein Goldstück ist und später einmal ein hinreißender Opa wird ...«, neckt sie Carmen.

Lara merkt, wie ihr wieder das Blut in die Wangen steigt. Warum kann sie einfach nichts dagegen tun, dass sie jedes Mal rot wird, wenn sie an Gerardo denkt? Ihr Körper weigert sich offenbar, auf sie zu hören. Aber diese Tür ist zu. Und das ist auch das Beste so. Für beide.

II

In Laras Kopf tummeln sich plötzlich haufenweise Ideen. Zwanghaft stürzt sie sich darauf, um Gerardos Gesicht zu verdrängen.

Sie kann ihn jetzt nicht brauchen. Er würde alles nur schlimmer machen.

Was Carmen erzählt, macht sie neugierig. Richtig spannend ist das. Als ob sich mit einem Mal eine ganz neue Welt vor ihr auftäte, eine Welt, die aus dem Reich der Fantasie zu stammen scheint, dabei ist sie doch ganz real. Oder wird es zumindest in naher Zukunft sein.

»Dann kann man also sagen«, meint sie, nachdem sie kurz über Carmens letzte Worte nachgedacht hat, »dass eigentlich die Gene vorgeben, wie lange man lebt.«

»Die Gene sind zwar nicht der einzige Faktor, haben aber viel damit zu tun. Zwar beschleunigen Umwelteinflüsse die altersbedingte Schädigung der Zellen, aber dass die Lebenserwartung auch von einem erblich bedingten Faktor abhängen muss, ist offensichtlich. Die Tendenz, sehr alt zu werden, kann man nämlich häufig über mehrere Generationen derselben Familie hinweg beobachten. Langlebigkeit könnte zu 25 Prozent von den Genen vorgegeben sein, denken manche. Die restlichen Prozente, also der Großteil, hängen dann allerdings immer noch von der Umwelt ab.«

»Wenn das so ist, muss es aber doch irgendeine Information in den Genen geben, in der eine Gegenwehr gegen das Älterwerden verankert ist. Die müssen wir finden! Wär doch gar nicht übel, wenn man zumindest diese 25 Prozent unter Kontrolle hätte ...«

Lara steht jetzt ganz alleine, ohne Carmens Hilfe und ohne sich irgendwo anzulehnen. Sie gestikuliert enthusiastisch und hat völlig vergessen, dass sie gerade noch Angst hatte, ihre Beine könnten ihr Gewicht nicht tragen.

»Manchen Theorien zufolge könnte es sein, dass bei Menschen, die über hundert Jahre alt wurden, gerade diejenigen Gene mehr Aktivität aufwiesen, die sie vor Oxidation schützten.«

»Also, die Sache wird immer klarer für mich: Wenn ich Wissenschaftlerin wäre, würde ich alles daransetzen, einen Weg zu finden, wie die Oxidantien zu stoppen sind. Das muss einfach klappen!«

»Ich hab ja schon gesagt, dass das nicht so einfach ist … Mal abgesehen von den Störungen, die die DNA im Laufe der Zeit so ansammelt, gibt es einen weiteren Faktor, der die Zellalterung bestimmt. Alle Zellen haben eine Art ›innere Uhr‹, die misst, wie viel Zeit vergeht. Dieser Mechanismus zählt mit, wie oft die Zelle sich schon geteilt hat, und wenn sich herausstellt, dass ein vernünftiges Maß an Zellteilungen erreicht ist, leitet er eine Vollbremsung ein – und zwar auch dann, wenn die DNA gar nicht besonders stark ›oxidiert‹ ist. Dadurch wird verhindert, dass eine alte Zelle, die theoretisch das Risiko birgt, nicht mehr ordnungsgemäß zu funktionieren, weil sie bereits eine Menge schädliche Einflüsse abbekommen hat, einfach immer weitermacht. Sie tritt sozusagen ab, wenn es an der Zeit ist, in Rente zu gehen.«

»Verstehe. Das heißt, wir werden alt, weil sich in unseren Organen dann mehr ›abgetretene‹ Zellen tummeln, die nicht mehr so gut funktionieren wie in jungen Jahren, richtig?«

»Das ist zumindest eine von mehreren Theorien.«

»Einverstanden, dann muss eben eine andere Lösung her. Dann muss man eben herausfinden, wie man diese ›Uhren‹ abschalten kann. Das muss doch möglich sein, oder?«

»Sehr gut, genau das wäre die logische Schlussfolgerung. Diese inneren Uhren der Zellen sind die sogenannten Telomere: aus DNA bestehende Strukturen an den Enden der Chromosomen. Jedes Mal, wenn die DNA vor der Zellteilung kopiert wird, werden die Telomere ein Stück kürzer. Unterschreitet ihre Länge dann irgendwann ein gewisses Mindestmaß, wird wohl angenommen, dass die Zelle sich jetzt oft genug geteilt hat, dass sie fortan zu alt ist dafür.«

»Aber dann haben wir es doch! Wir müssen nur irgendwie herausfinden, wie man die Telomere verlängern kann, und schwupp – schon haben wir Zellen, die niemals altern. Bitte sehr, ich bin bereit, den Nobelpreis entgegenzunehmen ...«

»Da kommst du leider zu spät – der Preis ist bereits vergeben. 2009 wurde er den Wissenschaftlern Elizabeth H. Blackburn, Carol W. Greider und Jack W. Szostak verliehen: Sie hatten die Telomere entdeckt und herausgefunden, wie manche Zellen verhindern, dass sie immer kürzer werden.«

»Ach ja? Es gibt also Zellen, die das schon können? Und sind diese Zellen unsterblich?«

»Ja. Stammzellen zum Beispiel.«

»Und was ist der Trick?«

»Sie bilden Telomerase. Das ist ein Protein, das andere Zellen nicht haben. Und die Aufgabe von Telomerase besteht darin, die Telomere wieder zu verlängern, sobald sie kürzer werden.«

»Und da ist niemand auf die Idee gekommen, den Leuten Telomerase-Tabletten zu geben, damit alle Zellen diese Fähigkeit haben? Das liegt doch auf der Hand! Aber jetzt kommt wahrscheinlich gleich wieder, dass das Ganze nicht so einfach ist ...«

»Ein anderer Zelltyp, der normalerweise Telomerase bildet, sind Krebszellen – das ist das Problem. Ich habe doch vorhin gesagt, dass sie unsterblich sind, weißt du noch?«

»Oh Mann. Telomerase kann also zur gefährlichen Waffe werden.«

»Genau. Das System der Telomere soll eben gerade verhindern, dass sich zu alte Zellen immer weiter teilen und dadurch die Wahrscheinlichkeit größer wird, dass sie zu Krebszellen werden. Dieses System zu überlisten, könnte nach hinten losgehen.«

»Dann sind wir also wieder am Ausgangspunkt angelangt. Wenn die Antioxidantien nicht tun, was man sich von ihnen erhofft, und die Telomere nicht angefasst werden dürfen, kommen wir nicht ums Älterwerden herum.«

»Und es gibt auch noch mehr Faktoren, die für den Alterungsprozess verantwortlich sind, das ist ja noch nicht alles ...«

»Natürlich nicht!« Lara verdreht die Augen. »Die Natur muss ja immer alles noch komplizierter machen.«

»Du versuchst aber auch gerade, Tausende Jahre Evolution in ein paar Minuten einzufangen, Lara. Dass das kein leichtes Unterfangen ist, ist doch klar. All die winzigen Details der biologischen Abläufe, die dich am Leben halten, sind so spektakulär wie komplex. Wir verstehen ja auch noch lange nicht alles, es gibt noch eine Menge zu tun.«

»Jetzt gerade würde ich eigentlich nur gerne verstehen, warum Lebewesen altern.«

»Puh, und dabei haben wir bis jetzt nur über den Menschen gesprochen. Bei Tieren wird die Sache sogar noch komplizierter. Die Zellen von Mäusen zum Beispiel haben viel längere Telomere als die des Menschen – und trotzdem altern sie schneller. Und Bakterien haben eine kreisförmige DNA, keine einzelnen Chromosomen wie der Mensch. Das heißt: Sie haben überhaupt keine Telomere. Unsterblich sind sie aber trotzdem nicht.«

»Und was ist dann noch für das Altern verantwortlich?«

»Eine andere Theorie besagt, dass das Älterwerden eines komplexen Organismus nichts anderes ist als der Verlust von Stammzellen.«

»Gehören Stammzellen nicht irgendwie zu Embryos?«

»Doch, stimmt schon: In ihren ersten Entwicklungsphasen sind Embryos sozusagen selbst kleine Stammzellenkügelchen, und je größer sie werden, desto mehr Stammzellen verlieren sie. In einem Großteil des Gewebes von Erwachsenen liegen allerdings versteckte Stammzellenreserven, die bei der Regenerierung helfen, wenn es Probleme gibt. Stammzellen haben die Fähigkeit, sich immer genau dann zu teilen, wenn es nötig ist. Ihre Tochterzellen können dann zu Zellen eines ganz bestimmten Gewebes werden, etwa, um abgestorbene Zellen in diesem Gewebe zu ersetzen.«

»Aber hast du nicht gesagt, dass Stammzellen unsterblich sind? Dann müssten sie das betroffene Gewebe doch eigentlich auf Dauer immer wieder herstellen können, oder?«

»Theoretisch schon, nur sieht die Praxis anders aus. Stammzellen altern zwar nicht, aber in ihrer DNA sammeln sich im Laufe der Jahre kleine Verletzungen an, genau wie bei jeder anderen Zelle auch. Und deshalb sterben sie irgendwann. Dass die Population aktiver Stammzellen immer weiter zurückgeht, hat im Wesentlichen zur Folge, dass unser Gewebe nicht mehr repariert werden kann, zumindest nicht mehr so effizient wie zuvor.«

»Uff, ganz schön deprimierend«, sagt Lara und geht langsam wieder auf das Bett zu. »Nach allem, was du mir erzählt hast, ist mir auf jeden Fall eins klar: Leben ist eine verdammt ungesunde Angelegenheit.«

Carmen stützt sie am Arm und hilft ihr, sich aufs Bett zu setzen.

»Das Leben ist tödlich, wie manche sagen, hm?«, sagt Carmen und setzt sich neben sie.

»Ich kann's kaum erwarten, alles darüber zu erfahren.«

»Aber das Leben ist auch fantastisch, vergiss das nicht.«

»Ja, ja, fantastisch, ich weiß schon ... Am Ende glaub ich's noch, pass auf!«

»Umso besser für dich. Leben mag so gefährlich sein, wie du willst, aber es hat auch seine guten Seiten. Eine schöne Landschaft zum Beispiel. Oder ein gutes Buch.«

»Zeichnen«, ergänzt Lara. »Der Duft einer Pizza frisch aus dem Ofen.«

»Im Meer baden an einem superheißen Tag. Mit Freunden ausgehen.«

»Dokumentarfilme.«

»Klettern gehen an einer Kletterwand.«

»Oder an einem felsigen Gipfel im Hochgebirge.«

»Ein Gespräch, das bis zum Morgengrauen anhält.«

»Ein Song von Muse ... oder von Coldplay, von mir aus.«

»Die Liebe.«

Lara sieht ihr direkt in die Augen und zieht eine Grimasse.

»Jetzt ist aber gut. Hör endlich auf damit. Ich hab nicht vor, wieder über Gerardo zu sprechen. Ich bin nicht verliebt in ihn. Es ist vorbei!«

Carmen macht ein unschuldiges Gesicht.

»Aber ich habe doch gar nichts gesagt.«

»Ach komm. Tu nicht so unschuldig. Er kann mir so viele Nachrichten schicken, wie er will. Gerardo existiert für mich nicht.«

»Aber was hat er dir denn getan, der arme Kerl? Ich dachte, er gefällt dir.«

Lara weicht Carmens Blick aus. Ein paar Sekunden zögert sie, bevor sie antwortet. Sie will gar nicht reden, aber irgendwas in ihr drängt sie dazu.

»Gar nichts hat er mir getan«, sagt sie schließlich kapitulierend. »Es ist nicht seine Schuld. Es ist nur ... es ist alles zu schnell gegangen. Nein, zu schnell stimmt auch nicht, wir sind ja schon eine Weile Freunde, also, dass wir uns verabreden und uns Sachen erzählen und das alles. Es ist eher … unsere Beziehung hat sich verändert.«

»Und das wolltest du nicht«, wagt Carmen sich vor. »Dir wäre es lieber gewesen, ihr wärt einfach nur Freunde geblieben.«

»Nein. Im Gegenteil. Ich habe es ja erzwungen, dass es weiterging. Gerardo kann sich manchmal ziemlich anstellen, weißt du. So sensibel er auch sein kann, genauso einfältig ist er manchmal auch, so ist er eben, dagegen kann er gar nichts tun. Aber trotzdem haben wir uns nach und nach … ich weiß nicht, angenähert. Ich hab's ihm ziemlich leicht gemacht, und er … er hat es irgendwann kapiert. Wir haben immer mehr Dinge geteilt, immer mehr Zeit miteinander verbracht. Nur wir beide, meine ich.«

»Dann hast du ihm also auch gefallen.«

»Ja, klar.«

»Wo ist dann das Problem?«

Lara schüttelt den Kopf.

»Die Realität hat mich gezwungen, auf dem Teppich zu bleiben, das ist das Problem.«

Solange sie lebt, wird sich Lara an jenen Nachmittag bei Gerardo zu Hause erinnern, nach der Schule. Es war ein Donnerstag im April und es regnete. Unter dem Vorwand, zusammen Hausaufgaben zu machen, hatten sie sich verabredet, aber dann schlugen sie kein einziges Buch auf. Das war nicht das erste Mal. Sie gingen zu einem von beiden nach Hause oder in ein Café oder setzten sich bei schönem Wetter auf eine Parkbank und verloren sich dann in endlosen Gesprächen über irgendein Thema. Manchmal begann es mit irgendeiner Sache, die sie in der Schule gehört hatten, oder vielleicht mit einer Zeichnung von einem der beiden, die er dem anderen zeigen wollte. Dann führte eines zum anderen, und so konnten Stunden vergehen.

Manchmal stritten sie auch, weil Lara nicht einverstanden war mit einer von Gerardos ziemlich revolutionären Ansichten oder weil Gerardo nicht verstand, dass sie einer Sache kaum Beachtung schenkte, die er ungeheuer wichtig fand. Aber sogar bei ihren Streitgesprächen fühlten sie sich wohl, und am Ende mussten beide lachen.

An jenem Donnerstag war alles mehr oder weniger wie immer. Sie unterhielten sich, diskutierten, lachten. Sie hatten es gut miteinander. Als Lara ihre Sachen zusammensuchte, um nach Hause zu gehen, trat Gerardo wortlos von hinten an sie heran. Er wartete, bis sie sich umdrehte, um sich zu verabschieden, fasste sie um die Taille und zog sie sanft zu sich heran.

Lara blieb das Herz stehen. Das hatte sie absolut nicht erwartet. Nie hätte sie gedacht, dass Gerardo dazu in der Lage wäre. Sie widersetzte sich nicht. Ihre Körper berührten sich ganz leicht, ohne Druck. Sie spürte Gerardos Finger durch die Kleidung, und es war, als würde ihr ganzer Körper kribbeln.

Lara versuchte zu verbergen, wie sehr sie unter Strom stand. In ihrem Kopf drehte sich alles. Wahrscheinlich war ihr Herz noch am anderen Ende der Wohnung zu hören, und Gerardos Mutter konnte jeden Moment hereinkommen und fragen, was los war.

Sie blieben nicht lange so stehen, aber für Lara war es, als ob die Zeit eingefroren wäre. Sie war nicht in der Lage, auch nur die kleinste Bewegung zu machen. Gerardo war es schließlich, der noch ein Stück näher kam, ohne den Blick von ihren Augen zu wenden. Und kaum eine Sekunde später spürte Lara ihren ersten Kuss auf den Lippen.

»Es dauerte wohl nicht viel länger als eine Sekunde, aber das war der schönste Moment meines Lebens.«

»Kann ich mir vorstellen.«

»Wirklich. Ich fühlte mich so ... so besonders. Nein: Ich fühlte mich normal. Er schaffte es, dass ich alles vergaß.«

Das wunderbare Gefühl, das die Erinnerung in Lara hervorgerufen hat, verschwindet plötzlich von ihrem Gesicht.

»Ich vergaß völlig, dass ich eben nicht normal war.«

Eine Träne läuft über ihre Wange. Bevor sie zurück ins Bett fällt, wischt sie sie mit einer brüsken Handbewegung weg. Um Carmens Blick auszuweichen, dreht sie sich zur Wand.

ACHT

I

Langsam findet Laras Herzschlag wieder zu seiner normalen Frequenz zurück.

Eine Weile lang sehen beide auf dem Bett sitzend schweigend auf den Monitor. Lara versucht, an nichts zu denken, aber es kostet sie Mühe.

»Die Medizin wird immer genialere Dinge zustande bringen«, sagt Carmen und wechselt Lara zuliebe das Thema. »Neue Krankheiten wird es zwar auch immer wieder geben, aber wir werden nie aufhören, nach Lösungen zu suchen.«

Lara räuspert sich. Sie reibt sich mit dem Handrücken über die Augen und beschließt, sich wieder auf Carmens Spiel einzulassen, so als wäre nichts gewesen.

»Aber wenn wir so weitermachen, wenn die Menschen immer älter werden und die Lebensbedingungen immer besser, wenn es uns sogar gelingt, das Älterwerden aufzuhalten … Wohin wird es dann gehen mit unserer Spezies? Wo wird das alles enden?«

»Ich bin keine Wahrsagerin. Wer weiß das schon?«

»Bei der Unsterblichkeit vielleicht?«

»Unsterblichkeit, ewiges Leben – das sind große Worte.«

»Jetzt erzähl mir aber nicht, dass es nicht ganz so aussieht, als würden wir genau da landen.«

»Vielleicht«, sagt Carmen zögerlich. »Wie man das Älterwerden bezwingen könnte, hat die Menschheit immer schon beschäftigt. In vielen Mythen und Legenden ist die Rede davon – ob es nun um den Jungbrunnen geht oder um das legendäre Alter der Urväter wie Methusalem zum Beispiel oder um die Unsterblichen in der chinesischen Mythologie, die Gerüchten zufolge versteckt in den Bergen leben, oder um den Stein der Weisen …«

»Aber das Älterwerden zu überwinden ist doch möglich, oder? Das wüsste ich schon gerne.«

»Bis jetzt gibt es keine Antworten darauf, man kann sich der Frage nur theoretisch nähern.«

»Na, dann nähern wir uns der Frage doch mal theoretisch. Was glaubst du selbst denn?«

Carmen lässt sich gemächlich zurücksinken, bis sie ausgestreckt auf dem Bett liegt. Einen Augenblick lang sieht Lara sie an. Sie lächelt und tut es ihr gleich. Jetzt liegen beide auf dem Rücken, als lägen sie auf einer Wiese und betrachteten die Sterne. Nur dass sich über ihnen eine weiße Wand befindet, die ihnen die Sicht versperrt.

Ohne den Blick von der Decke zu wenden, fängt Carmen an zu sprechen und wägt dabei jedes Wort ab.

»Anfang des zwanzigsten Jahrhunderts lag die Lebenserwartung in den meisten Industrieländern bei weniger als fünfzig Jahren. Ein Jahrhundert später sind wir bei fünfundsiebzig Jahren – ganzen 50 Prozent mehr. Wenn du das im Jahr 1900 jemandem erzählt hättest, er hätte es nicht geglaubt. Durch die Verbesserungen im Gesundheitswesen leben viele Menschen heute bis zur biologischen Grenze ihres Körpers, das heißt, sie sterben an Altersschwäche, nicht an einer Krankheit – vor weniger als hundert Jahren wäre das noch undenkbar gewesen.«

»Aber am Maximum dessen, was möglich ist, sind wir doch noch nicht angelangt? Müssten wir nicht viel länger durchhalten können, statt trotz größter Anstrengungen nach gut hundert Jahren unweigerlich den Löffel abzugeben? Die Ärzte haben nicht zufällig ein Ass im Ärmel, durch das wir noch mal ein Jahrhundert im selben Tempo zurücklegen könnten, oder?«

»Nein, das ist wohl eher unwahrscheinlich. Krebs und andere Krankheiten zu besiegen, die verstärkt im Alter auftreten, würde die Lebensdauer zwar schon etwas verlängern, aber eben nicht so sehr. Dafür müsste man das Problem schon bei den Wurzeln packen.«

»Und schon sind wir wieder zurück am Ausgangspunkt: Das Älterwerden muss ›geheilt‹ werden, als wäre es eine von vielen Krankheiten.«

»Prinzipiell wäre das ja möglich, wie gesagt. Das heißt aber nicht zwangsläufig, dass es im echten Leben dann auch genau so abläuft. Wir befinden uns nach wie vor auf rein theoretischem Boden, vergiss das nicht. Wenn wir tatsächlich einen Weg fänden, wie man kontinuierlich die Abnutzungserscheinungen ausbügeln könnte, die im Alter auftreten, gäbe es auch kein Älterwerden mehr. Manche Fachleute sind allerdings der Ansicht, dass die Evolution den menschlichen Körper nicht darauf vorbereitet hat, länger als eine bestimmte Zeit zu existieren. Sie sind der Meinung, dass wir über diesen Punkt nicht hinauskommen können. Andere wiederum glauben, wenn es uns gelingt, unsere Krankheiten zu heilen und die Abnutzung unserer Zellen in den Griff zu bekommen, es dann möglicherweise tatsächlich keine echte Altersbegrenzung mehr gibt.«

»Wir müssen die ›Zauberpille‹ finden, die uns vor dieser Abnutzung bewahrt, Carmen!«, meint Lara. »Antioxidantien sind vielleicht nicht die Lösung, okay, aber ich habe in einer Zeitschrift gelesen, dass sich die Hollywoodschauspieler irgendein Hormon spritzen, das sie jung hält. Könnte das nicht die Lösung sein?«

»Das wird gemacht, stimmt schon. Aber ob es irgendeinen Nutzen hat, ist nicht erwiesen. Es handelt sich dabei um ein Wachstumshormon, das der Körper vor allem in der Kindheit und Pubertät bildet. In den übrigen Lebenszeiten ist der Spiegel dieses Hormons niedrig. Die langfristigen Nebenwirkungen solcher Behandlungen sind nicht bekannt, man glaubt aber, dass sie ein erhöhtes Risiko mit sich bringen, an Diabetes, Bluthochdruck oder sogar gewissen Krebsarten zu erkranken.«

»Okay, dann scheint das auch keine so gute Option zu sein …
Wieder eine, die wir von der Liste streichen können. Und was ist
mit den Stammzellen? Du hast doch vorhin gesagt, dass einer der
Gründe für das Altern der kontinuierliche Verlust an Stammzellen
sein könnte. Wir könnten uns doch ab und an welche spritzen, um
unsterblich zu werden.«

»Denk daran, dass Stammzellen zu allen möglichen anderen
Zellen mutieren können. Setzen wir eine solche Stammzelle in
einen Organismus ein, ohne ihr vorab zu sagen, was sie zu tun hat,
besteht die Möglichkeit, dass sie sich auf eigene Faust weiterentwickelt.«

»Was meinst du damit, ›auf eigene Faust‹?«

»Ich gebe dir ein Beispiel. Stell dir mal vor, dass man im Labor
Stammzellen zu Hautzellen umwandelt, die man sich dann spritzt,
um seine Falten verschwinden zu lassen.«

»Würde das denn gehen?«

»Es wäre denkbar, momentan sind das aber noch Spekulatio-
nen. Stell dir weiter vor, dass diese Zellen ihre ursprünglichen
Eigenschaften beibehalten und plötzlich beschließen, zum Beispiel
zu Fettzellen zu werden. Oder zu Leberzellen. Oder zu Neuronen.«

»Das wär ja ein Desaster! Dann würde uns plötzlich ein Ohr aus
dem Ellbogen wachsen oder eine Niere aus dem Nacken.«

Carmen setzt sich lachend auf.

»So ähnlich, genau.«

Mit Carmens Hilfe stemmt sich auch Lara hoch. Jetzt sitzen beide wieder am Bettrand, mit einem Grinsen im Gesicht.

»Man muss also erst einmal genau wissen, wie man diese Zellen
kontrolliert, bevor man sie einsetzt. Ich will nicht bestreiten, dass in
Stammzeilen ein enormes Potenzial liegt und sie für verschiedene
Behandlungen eingesetzt werden können. Möglicherweise sind sie

die revolutionärste und bedeutendste Entdeckung der Medizin überhaupt. Aber wir müssen uns der Sache Schritt für Schritt nähern.«

»Klar«, sagt Lara plötzlich sehr ernst. »Geduld, immer muss man Geduld haben.«

Carmen sieht sie liebevoll an.

»Du willst einfach jetzt sofort eine Lösung, stimmt's?«

»Natürlich. Genau wie jeder andere kranke Mensch auch. Was habe ich davon, wenn du mir erzählst, dass in zwanzig Jahren alles heilbar ist? Ist ja wunderbar, klar, nur für mich ist es dann möglicherweise zu spät, und darum geht es mir nun mal in erster Linie.«

»Verstehe ich. Nur können wir da nichts machen. Die Wissenschaft kommt nur langsam voran, weil man sich über jeden einzelnen Schritt wirklich ganz im Klaren sein muss. Wenn man einzelne Schritte überspringt, ist die Gefahr groß, dass es schiefgeht.«

»Dann ist mein Problem wohl, dass mir die Wissenschaft nicht helfen kann.«

»Aber sie tut es ja bereits.« Carmen macht eine ausladende Handbewegung.

»Dann hoffen wir mal, dass es ausreicht ...«

Lara sieht an sich herab. Ihre Füße reichen nicht bis zum Boden. Die von Carmen schon. Sie ist ein Stück größer als sie selbst. Und schlanker. Mehr Stil hat sie auch. Wenn Lara es sich so überlegt, dann ist Carmen genau so, wie sie selbst als Erwachsene gerne wäre. Vor allem wüsste sie auch gerne so viel wie Carmen. Nein, noch besser: Sie würde gerne so denken können wie Carmen. Die Dinge aus mehreren Perspektiven betrachten und dann genau die richtigen Schlussfolgerungen ziehen. Das findet sie schwierig: Sobald sie nämlich an einer bestimmten Vorstellung Gefallen findet, hält sie hartnäckig daran fest und ist dann oft nicht mehr in der Lage, irgendeinen weiterführenden Aspekt zu erkennen. So impulsiv war sie immer schon. Carmen dagegen scheint immer genau die richtige Antwort auf Lager zu haben, sie scheint das entscheidende Detail zu erkennen, das Lara entgangen ist, das sie durch ihre Impulsivität übersehen hat, obwohl sie es eigentlich auch hätte bemerken können.

Eine Weile geht Lara etwas durch den Kopf, aber sie weiß nicht, wie sie es formulieren soll. Sie will nicht, dass Carmen einen falschen Eindruck von ihr hat. Andererseits weiß sie, dass Carmen sie verstehen wird. Wie alte Freundinnen sind sie, die sich schon ihr Leben lang kennen. Warum sie dieses Gefühl hat, kann sie selbst nicht erklären. Lara gibt sich einen Ruck.

»Weißt du was? Ich hab irgendwie das Gefühl, dass wir damit gegen die natürliche Ordnung der Dinge handeln.«

Carmen ist weder empört noch wütend, wie Lara befürchtet hat. Sie antwortet so ruhig wie immer.

»Jeder medizinische Fortschritt, von Anbeginn der Zivilisation, war doch wider die ›natürliche Ordnung der Dinge‹, wie du es nennst. Immer hat er dazu beigetragen, das Leben über die ursprünglich vorgesehene Dauer hinaus zu verlängern. Untersuchungen über das Altern sind auch nicht in stärkerem Maße wider diese natürliche Ordnung der Dinge als der Versuch, Krebs zu heilen oder eine Lungenentzündung.«

»Aber jetzt sprichst du von Krankheiten, das ist etwas anderes. In den Alterungsprozess einzugreifen, wäre eben nicht mehr nur Heilen oder Vorsorgen – sondern ein Schritt über eine biologische Grenze hinaus, die uns von der Evolution gesetzt wurde.«

»Klar, du hast absolut recht. Aber ist das wirklich ›Betrug‹? Es gibt viele Menschen, die so denken wie du. Sie finden, wer die Lebensdauer der Menschen verlängern will, ›spielt Gott‹. Andere sind der Meinung, dass wir alles unternehmen sollten, was in unserer Macht steht, um die Lebensqualität und -dauer der Menschen zu verbessern. Am äußersten Rand dieser Fraktion gibt es Leute, denen zufolge wir sogar die Verpflichtung haben, menschliche Eigenschaften ›besser zu machen‹, sollten wir dazu in der Lage sein.«

»Wie denn besser machen? Wie sollte das gehen?«

»Mit Medikamenten zum Beispiel. Mit denen man aber nicht Krankheiten behandelt, sondern gesunde Menschen, wie du sagen würdest. Und das ist nicht nur Theorie – es ist bereits machbar. Es gibt Tabletten, die die Wahrnehmung steigern, die Intelligenz schärfen, Ängste abbauen, dem Gedächtnis auf die Sprünge helfen oder die Konzentrationsfähigkeit erhöhen ...«

»Du sprichst ja von Doping! Das ist allerdings Betrug!«

»Doping ist Betrug, wenn es um Wettbewerbe geht, weil es gesetzlich verboten ist. Aber – wie sieht es im Alltag aus? Was, wenn du mit einer Pille schneller wärst in der Arbeit oder schlauer oder weniger aggressiv, zum Beispiel? Was wäre schlecht daran? Würdest du so eine Pille denn nicht nehmen?«

Schon wieder hat sie es getan. Diesmal hat sich Lara mit ihrem

Standpunkt auf sicherem Boden gefühlt, aber dann hat Carmen sie doch wieder verunsichert.

Sie versucht, objektiv zu sein. Würde sie so eine Pille nehmen? Um die Sache in Ruhe zu überdenken, bräuchte sie mehr Zeit, aber sie merkt, dass diese Vorstellung sie fasziniert.

»Ich glaube schon …«, sagt sie schließlich.

»Warte, sei nicht zu vorschnell mit deiner Antwort! Ich habe dir erst die Argumente der einen Seite an die Hand gegeben. Du musst dir aber immer auch die der anderen Seite anschauen, bevor du eine Entscheidung triffst. Welches Problem würde denn auftauchen, wenn eine Pille auf dem Markt wäre, die einen auf so eine Art ›besser macht‹? Komm, denk mal ein bisschen nach.«

»Hm …« Lara dreht und wendet die Sache eine Weile, und plötzlich stößt sie wirklich auf ein Problem. »Medikamente haben Nebenwirkungen. So eine Pille würde sicher abhängig machen. Mindestens das. Das und wahrscheinlich noch ein paar andere schlimme Dinge bewirken.«

»Genau. Das ist auch einer der Gründe, warum Doping im Sport verboten ist. Die körperlichen Folgen können beträchtlich sein, gerade bei Sportlern, die ihren Körper sowieso schon an die Grenze bringen. Aber mal angenommen, man bekommt irgendwann eine Pille hin, die uns auf irgendeine Art besser macht, und das praktisch ohne nennenswerte Nebenwirkungen. Hättest du dann noch ein Problem damit?«

Diesmal ist Lara gewappnet und antwortet schneller.

»Dass nicht alle Menschen Zugang dazu hätten. So eine Pille wäre doch sicher teuer, oder?«

»Jedes Medikament ist erst einmal teuer, wenn es neu auf den Markt kommt. Die Pharmaindustrie ist darauf bedacht, das Geld schnell wieder einzuspielen, das sie in die Entwicklung des Medikaments investiert hat. Ob das gerechtfertigt ist oder nicht, ist eine andere Sache ...«

»Aber dann könnten sich ja die Reichen die Pille kaufen und die Armen nicht«, sagt Lara aufgebracht und zugleich zufrieden mit sich, dass sie ein Argument gefunden hat. »Die Reichen würden schöner, perfekter und schlauer werden. Und wahrscheinlich sogar noch reicher, klar, denn wer schlau und reich ist, hat die optimale Voraussetzung dafür, noch mehr Geld zu scheffeln. Die Unterschiede zwischen den Gesellschaftsschichten würden am Ende noch größer werden, als sie es ohnehin schon sind.«

»Absolut. Das könnte ein gewaltiges Problem werden. Aber jetzt mach mal einen Sprung zurück ins letzte Jahrhundert und stell dir vor, dass wir unser Gespräch zu einem Zeitpunkt führen, an dem es noch ein paar Jahre hin ist, bis Penizillin für alle zugänglich ist oder bis Krebskranke ein spezifisches Medikament bekommen oder Menschen, die sich mit HIV angesteckt haben, eine antiretrovirale Therapie. Könnten wir da nicht genau dieselben Argumente anführen?«

»Ja, schon, aber ...« Lara hält inne, weil sie nicht weiß, wie sie weitermachen soll.

Als Carmen bemerkt, dass Lara die Antwort schwerfällt, springt sie ein.

»Mit all den Medikamenten, die heute auf dem Markt sind, wurde ja auch irgendwann zum ersten Mal gehandelt – was wir jetzt alles angeführt haben, war dafür kein Hinderungsgrund. Es gab praktisch immer eine erste Phase, in der nur wenige Begünstigte Zugang zu diesem neuen Medikament bekamen, sei es, weil der Preis dafür sehr hoch war, weil nur geringe Mengen zur Verfügung standen oder aus welchem Grund auch immer. Das kann man als mehr oder weniger gerecht empfinden – diesen Umstand wird man kaum ändern können. Und es gibt noch ein Argument, das dafür spricht: Auch wenn nur wenige von einem neuen Medikament profitieren können, wäre es doch bitter, ihnen den Zugang zu verwehren, nur weil die Pille für den Rest der Welt eben nicht zugänglich ist. Kranken Menschen gegenüber wirst du dein Argument ›entweder alle oder keiner‹ kaum rechtfertigen können. Wenn es also wirklich irgendwann einmal die ›Intelligenzpille‹ gibt, dann kannst du sicher sein, dass die Begründung, sie nicht gleich an alle Welt ausgeben zu können, nicht ausreichen wird, ihre Vermarktung aufzuhalten.«

»Wahrscheinlich ist es wirklich so, wie du es sagst. Ich weiß nicht, irgendwie macht mir das Angst. Im Moment reden wir zwar davon, unsere Intelligenz zu steigern, aber es ist doch klar, dass das erst der Anfang ist. Wenn die Medizin nicht mehr nur heilt, wenn wir anfangen, auch gesunde Leute zu behandeln – ist das noch Sinn und Zweck des Ganzen?«

»Vielleicht kannst du ja eines Tages deine geistigen Fähigkeiten durch eine Pille ›verbessern‹, während gleichzeitig irgendwelche anderen Medikamente deine Lebenserwartung verlängern oder deine Krankheiten heilen, und alles kommt uns gleich wichtig und notwendig vor. Es ist schon schwer vorstellbar, dass wir auf die Art unsterblich werden oder die absolute Perfektion erlangen oder niemals krank werden – das wäre das Extrem.«

»Aber wo ist die Grenze? Seit du von Genen und dem Genom gesprochen hast, denke ich, wenn wir wissen, welche Funktion jedes einzelne Gen hat, wir diese Information doch auch nutzen können, um das zu erreichen, was wir wollen.«

»Genetische Manipulation also: Man wählt die Gene aus, die einen am meisten interessieren, und begünstigt ihre Ausprägung. Das könnte eine Methode sein, Krankheiten vorzubeugen – was vielleicht wichtiger ist als all die Überlegungen dazu, wie man einen gesunden Körper >besser machen< könnte. Wenn man zum Beispiel den Teil des Genoms verändern könnte, der das Risiko größer macht, an Krebs oder Alzheimer zu erkranken – um zwei Fälle zu nennen, bei denen beteiligte Gene bekannt sind –, dann könnte man diese Krankheiten verhindern, bevor sie überhaupt auftreten.«

»Das muss aber doch technisch sehr schwierig sein.«

»Ja und nein. Wissenschaftler können bestimmten Organismen heute relativ leicht Gene hinzufügen oder entnehmen. Beispielsweise kann man Bakterien so verändern, dass sie Insulin bilden, wovon wiederum Tausende Diabetiker profitieren. Oder nimm Pflanzen: Überall auf der Welt werden transgene Pflanzen angebaut. Um ihnen eine Eigenschaft zu geben, die sie ursprünglich nicht hatten, wurde diesen Pflanzen ein zusätzliches Gen hinzugefügt. Noch einen Schritt weiter sind wir bei den Tieren. Bei Mäusen kann man Gene ohne größere Probleme verändern. Mit dem heutigen Stand der Technik kann man ein oder mehrere Gene einer Maus ausschalten oder verändern – man sieht dann, inwieweit sich der Organismus verändert, wenn dieses Gen nicht mehr agiert, und daraus wiederum kann man folgern, welches seine eigentliche Funktion war. Genauso kann man auch das Gegenteil machen: nämlich der Mäuse-DNA ein neues Gen hinzufügen. Dadurch hat man zum Beispiel Mäuse geschaffen, die anfälliger waren, einen Krebs zu entwickeln, oder die widerstandsfähiger gegen Krebs waren oder die länger lebten als eigentlich üblich.«

»Und wie sieht es beim Menschen aus? Funktioniert das beim Menschen auch?«

»Technisch ist das natürlich viel schwieriger, das kannst du dir ja vorstellen. Aber unmöglich ist es nicht. Im Moment ist es in allen

Ländern verboten, die Gene menschlicher Embryos zu verändern. Das heißt, zu den technischen Hindernissen kommen also noch die ethischen und gesetzlichen Barrieren hinzu.«

»Das erinnert mich ans Klonen. Damit ist es doch genauso, stimmt's? Technisch kann man Tiere bereits klonen, nur ist es gesetzlich verboten, dasselbe auch beim Menschen zu versuchen.«

»Genau. Seit Ende des letzten Jahrhunderts ist man in der Lage, exakte Kopien von so komplexen Tieren wie Säugetieren herzustellen. Aber wirklich auf Spitzenniveau ist die Technik noch nicht. Die ersten Schritte des Prozesses, nämlich die DNA eines Menschen in eine menschliche Eizelle einzusetzen und sie dazu zu bringen, sich zu teilen, ist vor Kurzem gelungen. Aber um das Ganze bis zum Ende durchzuziehen, müssten noch viel mehr Versuche gemacht werden. Und das ist weder gesetzlich erlaubt, noch interessiert es die Wissenschaftler besonders – sie sehen keinen großen Nutzen darin.«

»Warum wurden diese ersten Schritte dann überhaupt gemacht?«

»Weil man mit diesem allererersten Embryo aus der im Labor veränderten Eizelle viele personalisierte Stammzellen erhalten kann – Stammzellen also mit der DNA jeder beliebigen Person. Das könnte für die regenerative Medizin von großer Bedeutung sein. Aber da stehen wir noch ganz am Anfang … Außerdem gibt es möglicherweise alternative und weniger umstrittene Methoden, zum Beispiel indem man Zellen des Patienten neu programmiert, damit sie wieder zu Stammzellen werden. Diese Techniken sind erst seit Kurzem bekannt.«

»Jetzt, wo du es sagst …«, unterbricht sie Lara, angefixt von einer Idee, die ihr gerade gekommen ist, »wenn es uns irgendwann einmal gelingen sollte, menschliche Klone zu schaffen, dann könnte das doch sehr wohl ein Weg zur Unsterblichkeit sein, oder nicht? Du müsstest nur einen Klon von dir selbst nehmen und ihm dein Gehirn einpflanzen.«

»Nur?« Carmen macht ein entgeistertes Gesicht. »Dann wird es allerdings technisch kompliziert. Ein neues Gehirn in einen Körper einzusetzen mit den tausend Nerven, die man verbinden müsste, das wäre eine Wahnsinnsarbeit. Außerdem wäre der Klon ja trotz allem ein ganz normaler Mensch. Er würde aufwachsen und sich entwickeln wie jeder andere auch, und dann kämst du eines Tages daher und müsstest ihm sein Gehirn entnehmen, um stattdessen dein eigenes einzusetzen. Selbst wenn das eines Tages möglich wäre, was zu bezweifeln ist – es wäre ein Verbrechen!«

Lara gesteht ihren Denkfehler unumwunden ein.

»Verstehe, das war keine so gute Idee. Dann müssen wir doch etwas anderes finden …«

»Ich mache dir einen Vorschlag: Wie wäre es, mechanische Teile in den Körper einzubauen?«

»Ein Cyborg? Wie in den Science-Fiction-Filmen? Ich glaub nicht, dass das geht …«

»Doch, fast … zumindest teilweise. Mechanische Prothesen zum Beispiel sind bei Soldaten, die im Krieg verletzt wurden, ziemlich verbreitet.«

»Jetzt bist *du* aber die ›Betrügerin‹!«, beschwert sich Lara. »Das sind doch keine echten Cyborgs! Solche Prothesen sind doch nichts anderes als die Holzbeine, die Piraten früher hatten, nur in modernerer Ausführung. Echte Mischformen aus Menschen und Robotern sind das aber nicht.«

»Manche dieser Prothesen sind viel mehr als ein Holzbein. Sie funktionieren mechanisch und sind computergesteuert. Man kann eine Menge damit anstellen. Es kann sein, dass Menschen zukünftig schneller laufen können oder stärker sind und mehr aushalten durch solche Prothesen.«

»Hm, stimmt. Bei den letzten Olympischen Spielen in London gab es doch einen Athleten mit Beinprothese. War ziemlich spektakulär, ihn laufen zu sehen.«

»Und er ist nicht der einzige Sportler mit Prothese. Prothesen sind leichter und flexibler als das menschliche Bein, und außerdem verbrauchen sie anders als Beine aus Fleisch und Knochen keinen Sauerstoff – deshalb hat der Körper auch weniger mit seinen Energiereserven zu kämpfen. Im Prinzip könnte ein Athlet mit Prothese länger laufen als einer ohne. Und wenn man die Prothese dann noch etwas verändert, sie zum Beispiel ein Stück länger macht, könnte man auch noch schneller laufen als unter normalen Umständen.«

»Okay, okay, ich sage ja schon nichts mehr, mechanische Beine können eine echte Verbesserung sein. Aber bei anderen Körperteilen sehe ich da schon eher Schwierigkeiten, wie bei Armen zum Beispiel.«

»Klar, Arm- und Handprothesen sind wesentlich komplexer, weil sie mehr können müssen. Deshalb ist man hier auch noch nicht so weit in der Entwicklung.«

»Denkst du, es gibt eines Tages funktionierende Armprothesen?«

»Der Körper muss mit der Prothese zusammenarbeiten, das ist der Schlüssel. Auf welchem Weg man Prothese und Körper miteinander verbindet, damit die Prothese mit den Nerven kooperiert, muss erst noch herausgefunden werden; irgendeine Schnittstelle braucht es, denn über die Nerven werden ja die Befehle des Gehirns übertragen.«

»Ach ja? Ich hätte nie gedacht, dass das die Schwierigkeit dabei ist. Warum eigentlich?«

»Das liegt vor allem daran, dass die Metallteile oxidieren und im Kontakt mit der ›feuchten‹ Umgebung des menschlichen Körpers ziemlich schnell verrotten. Deshalb können Prothesen auch nicht über einen längeren Zeitraum eingesetzt werden. Aber dafür wird es sicher eines Tages eine Lösung geben.«

»Ich habe die Zukunft, die du mir da verkaufen willst, schon vor Augen: Am Ende sind wir alle halb Fleisch, halb Metall.«

»Wenn nicht sogar komplette Maschinen, zu hundert Prozent. Vielleicht könnte das Gehirn ja auch in einem künstlichen Körper existieren und damit fast unsterblich sein.«

Es sieht zwar nicht so aus, als wäre Lara wirklich überzeugt, aber Carmen fährt dennoch fort.

»Und wenn es uns eines Tages gelingt, die gesamte Information des menschlichen Gehirns und dazu seine Leistungsfähigkeit, diese Information auch zu verarbeiten, auf einen Chip zu übertragen, dann werden wir möglicherweise auch noch das künstliche – und unsterbliche – Gehirn erschaffen haben.«

»Uff! Ein unsterbliches Gehirn in einem Körper aus Metall. Ich bin nicht sicher, ob mir die Vorstellung eines Planeten voller intelligenter, sich fortbewegender Waschmaschinen wirklich behagt. Ist es das, was unsere Spezies erwartet? Ist das der nächste Schritt intelligenten Lebens?«

»Um das herauszufinden, muss noch Zeit vergehen. Wer kann schon sagen, wo es hingeht mit der Menschheit? Es gibt so viele Möglichkeiten! Alles ist so ...«

»Fantastisch!«, beeilt sich Lara zu sagen.

»Genau!« Carmen muss lachen. »Oder etwa nicht?«

Jetzt muss auch Lara lachen.

Es stimmt schon, all das ist wirklich faszinierend, das kann sie nicht abstreiten. Das Leben kann so unterschiedliche Formen annehmen. Das kann so weit gehen, dass es dem Leben, wie wir es heute kennen, in rein gar nichts mehr ähnelt. Oder sogar so weit, dass wir nicht einmal mehr wissen, wie Leben überhaupt zu definieren ist.

Lara sieht ihre Hände an, dann ihre Arme und Beine.

»Keine Ahnung, ob ich mit einem Metallkörper glücklich wäre.«

»Zumindest wäre er widerstandfähiger als dein jetziger Körper, so viel steht fest.«

»Und es wäre einfacher, die defekten Teile auszutauschen«, ergänzt Lara. »Und trotzdem ... ich weiß nicht, irgendwie habe ich mich an den hier gewöhnt, auch wenn er mich immer mal wieder ziemlich im Regen stehen lässt.« Ein trauriges Lächeln zeichnet sich auf ihrem Gesicht ab. »Ich habe mich entschieden, für ihn zu kämpfen, wie du es wolltest. Ich schätze ihn, obwohl er mir öfter ganz schön eins auswischt. Ich will ihn noch nicht aufgeben.«

»So gefällt mir das«, sagt Carmen und drückt Lara an sich.

»Vor allem natürlich, weil noch kein Metallkörper zur Stelle ist, dem sie mein Gehirn einpflanzen können – schon klar, oder?«, sagt Lara scherzhaft, um ihren Worten etwas von ihrer Schwere zu nehmen.

Ein paar Augenblicke lang sehen sie sich an, Hand in Hand. Lara bricht das Schweigen.

»Ich muss dir erzählen, warum ich so sauer auf meinen Körper war.«

»Du musst mir gar nichts erzählen, Lara.«

»Nein, so meinte ich es nicht. Ich will es ja. Du weißt noch nicht, wie die Geschichte mit Gerardo ausgeht.«

Unruhig wechselt Lara die Haltung. Carmen lehnt sich zurück und wartet geduldig, bis Lara anfängt zu erzählen.

»Kurz vor Ende des letzten Schuljahres gab mir Gerardo ein

Geschenk«, sagt Lara, den Blick Richtung Wand geheftet. »Wir gingen zu dem Zeitpunkt genau einen Monat miteinander aus, das war der Vorwand. Alles lief sehr gut zwischen uns. Ich schwebte wie auf einer Wolke. Es war … ich weiß nicht, irgendwie kommt es mir lächerlich vor zu sagen, dass ich bis über beide Ohren verliebt war, aber vielleicht war es einfach so …« Sie macht eine kurze Pause. »Egal, nenn es, wie du willst. Jedenfalls verbrachten wir viel Zeit miteinander und waren glücklich.«

»Was hat er dir denn geschenkt?«, fragt Carmen, als sie bemerkt, dass Lara ganz in Gedanken versunken ist und nicht weitererzählt.

»Eine Karte für das Muse-Konzert, Anfang Juni.«

»Wow! Wie nett von ihm!«

»Ja, und wie. Muse war so was wie unser Soundtrack. *Starlight* war ›unser‹ Lied. Wir haben es überall auf seinem iPhone gehört, jeder mit seinem Kopfhörer, haben uns dabei umarmt, und es war, als würden sie es nur für uns spielen und als könnte es niemand außer uns hören.«

»Wie romantisch! Und du sagst, er ist einfältig …«

»Er hat schon seine Macken, das kannst du mir glauben.«

»Klar – wie jeder andere auch. Und was war dann auf dem Konzert?«

»Nichts. Das ist ja das Problem. Wir zählten die Tage bis zum Konzert, waren total aufgeregt. Ich habe meine Eltern ganz schön überreden müssen, mich gehen zu lassen. Ich hatte ihnen gesagt, dass ich mit ein paar Freunden hingehen würde, weil es mir unangenehm gewesen wäre, wenn sie gewusst hätten, dass nur Gerado mich begleitet. Das war auch nicht richtig gelogen, ich wusste ja, dass auch noch andere aus der Klasse da sein würden. Nur hatten wir nicht vor, uns mit ihnen zu treffen – das war schließlich unser Abend.«

»Also haben sie es dir erlaubt.«

»Ja. Alles war bereit für einen Abend, der einfach magisch werden musste.«

»Aber ...?«

»Aber der da«, sie klopft sich auf die Brust, »hatte andere Pläne. Am Abend vor dem Konzert hatte ich einen Anfall, und die Nacht habe ich dann im Krankenhaus verbracht. Am nächsten Tag wurde ich entlassen, es war nicht besonders schlimm, aber klar, meine Eltern wollten natürlich nichts mehr hören von wegen Konzert.«

»Was auch das Beste für dich war, das kannst du ihnen nicht vorwerfen ...«

»Nein, tue ich auch nicht. Mir selbst mache ich Vorwürfe – dass ich so bescheuert war zu glauben, ich könnte ein ganz normales Leben führen.«

»Sei nicht so hart mit dir ...«

»Ach komm!«, schnaubt Lara. »Ich hätte mich einfach damit abfinden müssen, dass ich nichts vorausplanen kann, dass ich von heute auf morgen lebe. Dass ich nicht bin wie die anderen.«

»Sag das nicht. Du hast eine Krankheit, die sich nicht immer kontrollieren lässt und die dir auch mal übel mitspielt, stimmt schon. Aber das ist doch nicht alles. Du gehst zur Schule, hast Freunde, hast Gerardo ... Er war doch bestimmt nicht sauer, weil du nicht aufs Konzert konntest, oder?«

»Nein, gar nicht. Im Gegenteil – er ist auch nicht hingegangen. Er kam ins Krankenhaus und blieb die ganze Zeit bei mir, so lange sie ihn ließen. Und danach hat er mir ein paar Tage lang zu Hause Gesellschaft geleistet, nach der Schule, bis ich wieder okay war.«

»Na siehst du? Er hat sich Sorgen um dich gemacht. Das ist doch schön. Das müsste dir doch Mut geben weiterzumachen.«

Lara dreht sich zu Carmen, in ihren Augen stehen Tränen.

»Aber verstehst du denn nicht? Genau das ist doch das Problem! Das kann ich Gerardo nicht antun! Ich kann ihn nicht dazu verdammen, mit jemandem wie mir zusammen zu sein. Dafür bedeutet er mir zu viel! Das hat er nicht verdient.« Sie unterdrückt ein Schluchzen und wiederholt dann leise: »Das hat er nicht verdient.«

Carmen wartet einen Moment, bevor sie versucht, Lara zu beruhigen und zu trösten, aber noch bevor sie etwas sagen kann, stoppt sie das Mädchen.

»Nein, sag nichts. Ich weiß schon, dass du jetzt wieder meinst, Gerardo muss seine eigenen Entscheidungen treffen und das alles. Und dass, wenn er mich liebt, all diese Opfer keine Bedeutung für ihn haben. Das weiß ich schon. Und du hast auch bestimmt recht damit. Aber ich konnte einfach nicht mehr. Ich konnte so nicht mehr weitermachen mit ihm. Ich konnte einfach nicht.«

Carmen tut, was sie sagt. Sie streicht ihr über den Rücken, und Lara weint an ihrer Schulter.

NEUN

I

Lara liegt wieder zugedeckt im Bett. Obwohl es ziemlich warm ist im Raum, schüttelt es sie vor Kälte. Carmen sitzt neben ihr und sieht sie aufmerksam an.

»Im Moment bin ich zu gar nichts zu gebrauchen«, sagt Lara und trocknet sich die letzte Träne.

»Das stimmt aber nicht. Immerhin bist du die ganze Nacht schon am Nachdenken, Reden, Diskutieren ... sogar ein paar Schritte gegangen bist du. Und du kämpfst, das darfst du nicht vergessen. Du wolltest mehr als einmal aufgeben, aber dazu kam es dann doch nicht. Und warum? Weil du, auch wenn du es nicht zugeben willst, genau weißt, dass du gewinnen kannst. Du glaubst, du kannst nicht mehr, hast keine Energie mehr, und merkst dabei gar nicht, dass deine Anstrengung schon Wirkung zeigt.«

»Ich weiß nicht ...«

»Dann schau dir mal an, wie es dir zu Beginn unseres Gesprächs ging und wie du dich jetzt fühlst. Geht es dir nicht besser?«

Lara denkt darüber nach. Carmen hat recht. Obwohl sie die Bekenntnisse dieser Nacht emotional ziemlich mitgenommen haben, merkt sie jetzt, dass sie einen Teil ihrer Energie zurückgewonnen hat und dass sie nicht mehr das Gefühl hat, eine Steinplatte läge ihr auf der Brust. Vielleicht wird es ja wirklich langsam wieder besser. Sie nickt stumm.

Ihr fällt auf, dass sie schon länger nicht mehr darauf geachtet hat, wie es ihr geht. Dazu war ihr Kopf zu sehr mit den Ideen beschäftigt, die Carmen ihr eingepflanzt hat. Sie war nicht mehr so sehr auf die Zeichen ihres Körpers konzentriert. Carmen hat sie dazu gebracht, eine ganze Reihe von Gefühlen an die Oberfläche zu holen, die an ihr genagt haben, weil sie sie mit niemandem teilen konnte. Außerdem denkt sie durch sie über Dinge nach, mit denen sie sich noch nie wirklich intensiv beschäftigt hat. Aus purer Faulheit wahrscheinlich, wie sie jetzt zugeben muss. Die meisten dieser Themen waren ja durchaus auch vorher zugänglich für sie. Und trotzdem hat sie keinen dieser Gedanken je bis zu Ende gedacht, bis zu dem Punkt, an dem auch wirklich alle denkbaren Widersprüche einbezogen waren.

Jetzt kann sie gar nicht mehr aufhören, über das Leben nachzudenken und über den Tod, über Krankheit, die unvermeidliche Fragilität des menschlichen Körpers, über die Bedeutung der menschlichen Spezies für die Erde, darüber, wie klein und doch bedeutend wir sind, über die Beziehung, die wir mit unserem Umfeld eingehen, und über unsere Verbindung zu anderen Menschen.

Sie kann nicht mehr aufhören, an Gerardo zu denken.

»Weißt du, welche Schlussfolgerung ich aus all dem ziehe, was du mir heute Nacht erzählt hast?«, fragt sie nach einer Weile des Schweigens. »Wenn wir also dank all der aktuellen und zukünftigen Fortschritte immer länger leben, dann passen wir eines Tages nicht mehr auf die Erde. Da können wir noch so spektakuläre Erfindungen machen, die uns noch so sehr weiterhelfen – an diese Grenze werden wir immer stoßen.«

»Stimmt, wenn wir in dem Tempo weitermachen, wird die Erde das Bevölkerungswachstum wahrscheinlich irgendwann nicht mehr verkraften. Es ist ja jetzt schon nicht unproblematisch, die nötigen Ressourcen für alle aufzubringen. Und wenn die Lebenserwartung weiter erhöht wird, wird unweigerlich auch die Überbevölkerung zunehmen.«

»Haben die Wissenschaftler darüber schon nachgedacht?«

»Das ist ja nicht nur Aufgabe der Wissenschaftler. Jeder sollte in diese Diskussionen einbezogen werden. Das sind ja inzwischen weitverbreitete Themen, wie zum Beispiel die Nachhaltigkeit. Früher oder später aber wird man Entscheidungen treffen müssen. Eine wichtige Rolle dabei spielen natürlich die Politiker, aber genauso wichtig sind die ganz normalen Leute. Stell dir zum Beispiel mal vor, dass es in ein paar Jahrzehnten völlig normal ist, 120 Jahre alt zu werden. Würde man dann immer noch mit so etwa 65 in Rente gehen, oder müsste das Renteneintrittsalter proportional erhöht werden, sagen wir, auf 110?«

»Krass! Hundertjährige Opas, die immer noch arbeiten. Die Ärmsten!«

»Sonst würde der Staat aber vielleicht nicht jedem eine Rente zahlen können über das halbe Jahrhundert hinweg, das die Rentenzeit dann andauert. Das sind schwierige Entscheidungen. Ich habe auch keine Antwort darauf, aber irgendwann wird man sich dem wahrscheinlich ernsthaft stellen müssen.«

»Mich beschäftigt eher, ob durch einen so starken Anstieg der Lebenserwartung nicht die Schere zwischen armen und reichen Ländern noch weiter auseinandergehen würde.«

»Sicher, das zu verhindern, wäre bestimmt nicht einfach. Das ist es ja heute schon nicht. In den Industrieländern machen uns ja vor allem Krankheiten zu schaffen, die im letzten Lebensdrittel auftauchen, wie Krebs zum Beispiel oder Herzprobleme. In bestimmten Gegenden in Afrika oder Asien sterben aber immer noch viele Kinder an Unterernährung oder durch Infektionskrankheiten wie Malaria, die hier längst in Vergessenheit geraten sind. Wenn dafür nicht zuerst eine Lösung gefunden wird, hätten die Entwicklungsländer rein gar nichts von den neuen Behandlungsmethoden. Das sind Probleme, die von den Politikern und der Gesellschaft gelöst werden müssen.«

Lara schnaubt aufgebracht. Sie kann gar nicht anders, als sich irgendwie zu schämen.

»Es ist doch traurig: Während wir uns hier überlegen, was wir gegen das Älterwerden tun können, geht es anderswo auf der Erde darum, ob man jeden Tag genug zu essen hat oder nicht.«

»Klar. Und es ist furchtbar, dass immer noch Leute an Krankheiten sterben, die es hier schon seit Jahrzehnten nicht mehr gibt. Und doch ist der Kampf immer derselbe, auch wenn er auf verschiedene Arten geführt wird. Fortwährend sind wir darauf bedacht, die Entropie abzubremsen, die uns von Geburt an bedroht.«

»Entropie ... den Begriff kenne ich glaube ich aus dem Physikunterricht. Was hat das mit Biologie zu tun?«

»Alles steht in Verbindung zueinander. Auf sehr einfache Art könnte man Entropie so definieren, dass jedes beliebige komplexe System dazu tendiert, ins Chaos abzudriften, in die Unordnung. Und das ist kein rein physikalisches Phänomen, es lässt sich auch perfekt auf Lebewesen anwenden. Das maximale Chaos wäre dann der Tod. Als Erster beschäftigte sich ein Mathematiker, Lazare Carnot, im Jahre 1803 mit dem Begriff der Entropie, und zwar aus thermodynamischer Perspektive. Carnot kam zu dem Schluss, dass sämtliche Prozesse dazu tendieren, zunehmend Energie zu verlieren.«

»Thermodynamisch?«

»Die Thermodynamik ist ein Teilgebiet der Physik, das sich mit der Umverteilung von Energie beschäftigt.«

»Uff, jetzt verlier ich den Faden ... Physik ist nicht unbedingt mein Spezialgebiet.«

»So schwierig ist das gar nicht. Diese Theorien besagen eigentlich nur, dass, wenn man nichts dagegen unternimmt, jedes System früher oder später im Chaos versinkt. Die Idee der Entropie kannst du auf Sterne anwenden, genauso wie auf das gesamte Universum, auf die Erde, auf eine Stadt ... oder eben auf den menschlichen Körper.«

»Ist ja tröstlich, dass das nicht nur uns betrifft, sondern dass gleich das gesamte Universum auf die Katastrophe zusteuert.«

»Aha, wir machen also wieder auf die pessimistische Tour weiter«, schimpft Carmen liebevoll. »Dem Universum bleibt ja zum Glück noch eine Menge Zeit, bis es so weit ist. Das Beispiel einer Stadt verdeutlicht ganz gut, worum es geht: Eine verlassene Stadt, die niemand mehr pflegt und instand setzt, wird innerhalb weniger Jahre in einen immer schlechteren Zustand geraten, bis sie schließlich ganz verfällt. Oder, ein naheliegenderes Beispiel, denk mal an dein Zimmer, da sieht man es ganz deutlich: Wenn du keine Energie aufbringst, um es in Ordnung zu halten, greift die Unordnung immer mehr um sich und erobert Stück für Stück den Raum.«

»Das sieht meine Mutter genauso.«

»Und mit deinem Körper ist es dasselbe. Gäbe es keine inneren Mechanismen, die ihn am Laufen halten, würde er sofort kollabieren. Genau das passiert auch, wenn man stirbt: Wenn die Mechanismen nicht mehr laufen, baut die organische Materie ab, wird von Mikroorganismen zersetzt und verrottet. Ohne konstante Energiezufuhr bricht der Körper zusammen.«

»Jetzt hast du den Tod auf einen thermodynamischen Prozess reduziert – nicht sehr poetisch.«

»Mag sein. Aber es trifft die Sache ziemlich auf den Punkt.«

»Und es bleibt unvermeidlich – sag ich doch«, beklagt sich Lara. »Je mehr Argumente du aufführst, desto klarer wird, dass am Ende immer dieses Chaos steht, und wenn man sich noch so sehr anstrengt.«

»Es gibt nun mal kein biologisches Werkzeug, mit dem man die Mechanismen, die im Hintergrund unseres Organismus ablaufen, dauerhaft wiederherstellen könnte. Und auch kein Medikament, das die Entropie aufhalten würde, zumindest heute noch nicht. Der

Tod ist die dunkle Seite des Lebens. Leben und Tod gehören eben zusammen, man kann das eine nicht vom anderen loslösen.«

»Das macht das Akzeptieren aber nicht leichter.«

»Natürlich nicht. Im Gegenteil: Für die Menschen ist das ein enormes Problem – sie sind schließlich die einzigen Lebewesen, die sich darüber bewusst sind, dass sie leben. Einerseits ein großartiges Geschenk, andererseits aber auch schrecklich, denn somit sind wir auch die Einzigen, die mit dem Bewusstsein der eigenen Endlichkeit leben müssen.«

»Haben manche Tiere das nicht auch? Bist du sicher? Wie kann man das überhaupt wissen? Okay: Wir sind intelligent, können sprechen und lesen und Dinge erfinden, was sonst niemand auf der Erde kann ... aber Tiere haben doch auch ein Gehirn. Zumindest Säugetiere.«

»Nicht nur Säugetiere – alle Wirbeltiere, wie Fische, Amphibien, Reptilien und Vögel. Und die meisten wirbellosen Tiere haben Organe aus neuronenartigen Zellen, die einem Gehirn ziemlich ähnlich sind.«

»Warum sollten wir dann intelligenter sein? Wer bestimmt das eigentlich?«

»Der Schlüssel der Intelligenz liegt in den Neuronen selbst und in der Art und Weise, wie sie miteinander kommunizieren. Das menschliche Gehirn sieht auf den ersten Blick nach keiner großen Sache aus, ist aber tatsächlich aberwitzig verworren. Eigentlich hat es die Größe einer Kokosnuss, die Form einer Walnuss, die Farbe von roher Leber und die Konsistenz kalter Butter.«

»Was für eine irre Beschreibung!«

»Na ja, das waren eben die erstbesten Vergleiche, die mir so eingefallen sind ... Ich wollte dir nur zeigen, dass die Aktivität des Gehirns, auch wenn es nicht sonderlich schön aussieht, das gesamte so reiche geistige Leben des Menschen ausmacht. Und eine dieser einzigartigen Eigenschaften des Gehirns besteht nun mal darin, seinem Besitzer zu erlauben, sich seiner eigenen Existenz bewusst zu sein.«

»Du hast mir aber noch nicht meine Frage beantwortet. Was genau macht es denn so anders, wenn doch alle anderen Gehirne auch aus Neuronen bestehen?«

»Die Neuronen, die Nervenzellen, kommunizieren über weitverzweigte Stränge miteinander. Etwa siebzig Milliarden Neuronen hat das menschliche Gehirn. Und jedes Neuron kann mit Tausenden anderen Neuronen verbunden sein – du kannst dir also vorstellen, was für hochkomplexe Kommunikationsnetze zwischen den Neuronen entstehen können. Neuronen, die mit Hunderten anderen Neuronen in Verbindung stehen, die wiederum mit weiteren Hunderten Neuronen ... Und genau auf die Art entstehen sämtliche Gedanken und sämtliche Handlungen.«

»Wie kommen die denn klar bei so vielen Verbindungen?«

»Sie kommunizieren ja nicht in alle Richtungen. Das menschliche Gehirn ist in verschiedene Bereiche eingeteilt, die auf unterschiedliche Aufgaben spezialisiert sind, zum Beispiel auf Emotionen, Sprache, rationales Denken und so weiter. Aufgrund der Kommunikation zwischen den Neuronen können wir sprechen, lesen, denken, Kunstwerke erschaffen, Gedichte schreiben und Erfindungen machen.«

»Und Tiere können nichts dergleichen.«

»Ein paar wenige können manche dieser Dinge schon, allerdings in sehr reduzierter Form. Schimpansen zum Beispiel, die von den heutigen Tieren uns ähnlichste Art, benutzen Stöcke, um Ameisen zu fangen – für sie der herrlichste Leckerbissen der Welt –, und Steine zum Nüsseknacken. Ihr Gehirn kann sich aber nicht vorstellen, dass man einen Stock und einen Stein kombinieren kann, um zum Beispiel einen Hammer daraus zu machen. Sie können nichts Neues erfinden. Eine Art Sprache kennen sie auch, allerdings mit einem Wortschatz, der auf ungefähr zweihundert Wörter begrenzt ist, also eigentlich ja auf etwa zweihundert verschiedene Kreisch- und Grunzlaute, die mit Grimassen und Arm- und Handbewegungen untermalt werden. Wörter aneinanderreihen, um Sätze zu bilden – dazu sind sie nicht in der Lage.«

»Nehmen wir also Schimpansen als Beispiel. Zwischen ihnen und uns gibt es etwas, das den Menschen vom Tier unterscheidet. Was genau ist das?«

»Drei Dinge sind hier von großer Bedeutung. Erstens ist das menschliche Gehirn wesentlich größer als das von Tieren, vor allem ein ganz besonderer Bereich ganz außen am vorderen und seitlichen Gehirn. Nicht zufällig ist dieser Bereich auf die komplexesten Gedankengänge spezialisiert. Zweitens kommunizieren menschliche Neuronen viel stärker miteinander als die eines Schimpansengehirns. Und drittens reift das menschliche Gehirn sehr langsam heran, viel langsamer als das von Schimpansen – wodurch wir in viel mehr Zeit viel mehr Dinge lernen können.«

»Das erklärt aber noch nicht, warum wir uns als einziges aller Lebewesen unserer Existenz bewusst sind.«

»Wie das Gehirn genau funktioniert, weiß man nur zum Teil. Man weiß, dass das Gehirn zwei Signale abgibt, wenn du etwas denkst: Eines dient dazu, die Handlung, an die du gedacht hast, auch auszuführen – zum Beispiel, den Arm zu heben. Das andere Signal soll vergleichen, ob das, woran du gerade gedacht hast, auch wirklich dieser Handlung entspricht. Als würde das Gehirn von jeder Handlung eine Kopie anfertigen, um vergleichen zu können, ob beides übereinstimmt. Und durch dieses doppelte Signal bist du dir dessen bewusst, was du tust. Bis zu einem gewissen Punkt machen das Schimpansen zwar auch. Der entscheidende Unterschied liegt aber darin, dass der Mensch nicht nur an Handlungen denkt, sondern auch an vieles andere: Wir malen uns die Zukunft aus, erinnern uns an Vergangenes, erfinden Geschichten ... Tiere können nichts von alldem, einige wenige außergewöhnliche und begrenzte Fälle ausgenommen. Das menschliche Denken ist wirklich einzigartig.«

»Schon, und trotzdem setzen wir es oft gar nicht ein, um das Wichtigste zu erreichen.«

»Was ist denn das Wichtigste für dich?«

»Ich weiß nicht ... vielleicht, glücklich zu sein und auch anderen zu ihrem Glück zu verhelfen. Das ist doch auch sehr menschlich, oder nicht?«

»Empathie meinst du? Die Fähigkeit zu verstehen, was andere empfinden, und sich in sie hineinzuversetzen? Stimmt, das gibt es bei Tieren normalerweise auch nicht.«

»Bei Menschen oft genug aber auch nicht.«

»Stimmt.«

»Wir müssten uns einfach immer viel mehr im Klaren darüber sein, was genau uns eigentlich zu Menschen macht. Dann würden wir in einer besseren Welt leben.«

»Würdest du die Welt denn gerne verändern?«

»Klar! Du etwa nicht? Es gibt so vieles, was ungerecht ist.«

»Dann tu es!«

»Ich?« Lara breitet die Arme aus, als könne sie dadurch zeigen, wie schwach und hilflos sie sich fühlt. »Was denkst du denn, was für Kräfte ich habe?«

Carmen umschließt Laras Gesicht mit ihren Händen.

»Dieselben wie jeder andere Mensch auch auf dieser Erde. Du musst es dir nur fest vornehmen. Du musst nur kämpfen wollen.«

Kämpfen.

Die ganze Nacht schon versucht Carmen sie davon zu überzeugen, dass es sich lohnt zu leben, dass das Leben so fantastisch ist, dass man darum kämpfen muss, immer weiter und weiter, und dass man nie damit aufhören darf.

Und es stimmt. Lara weiß es. Sie ist fasziniert von all den Wundern, von denen Carmen erzählt hat. Sie hat in einer Menge Büchern davon gelesen, hat Dokumentarfilme gesehen, hat im Internet nach Antworten und mehr Wissen gesucht. Keines der Themen, über die sie gesprochen haben, kam ihr völlig neu vor, auch wenn sie in den letzten Wochen nicht besonders viel Zeit hatte, sich mit solchen Dingen zu beschäftigen. Seit sie Anfang des Sommers mit Gerardo Schluss gemacht hat, hat sie sich nur noch aufs Jammern und Klagen konzentriert. Aber wer kann ihr das schon vorwerfen? Wem wäre es an ihrer Stelle nicht genauso gegangen?

Carmen aber hat sie nicht bemitleidet. Sie hat sie nicht mit diesem Ausdruck des Bedauerns angesehen wie alle anderen, die sie mögen, wie selbst Gerardo es allmählich tat – zumindest meinte sie, das zu bemerken. Carmen hat nicht ihre Besorgnis mit einem falschen Lächeln überspielt und auch nicht das Thema gewechselt, wenn Laras Worte deprimierter wurden. Sie hat sie nicht wie ein kleines Mädchen behandelt. Auch nicht wie eine Kranke. Carmen hat ihr gesagt, was sie hören musste, ohne dass Lara sie darum hätte bitten müssen. Vom ersten Satz an, den sie miteinander wechselten, hat Carmen sie verstanden, als könnte sie sehen, was in Laras Kopf vor sich ging. Carmen hat Lara zum Nachdenken gebracht, dazu, sich mit Themen auseinanderzusetzen, zu denen sie keine klare Meinung hatte, die sie bislang nicht groß beachtet hatte.

Statt wie eine Ärztin kommt sie ihr eher wie die Zwillingsschwester vor, die sie nie hatte, wie die eine Person, mit der sie wirklich alles teilen kann. Und das nach den wenigen Stunden, die sie sich jetzt gerade einmal kennen.

Dann sagt sie es. Was sie noch nie jemandem gesagt hat. Was sie noch nicht einmal sich selbst gesagt hat, aus Angst davor, dass es Wirklichkeit werden könnte, wenn sie es erst als Wunsch formuliert.

»Ich bin gar nicht mehr sicher, ob ich überhaupt durchkommen will, Carmen. Es kommt mir langsam so sinnlos vor. Ich habe Angst davor zu sterben, große Angst, und ich wäre wirklich gerne mutig, mutig genug, um immer weiterzukämpfen, um noch so viele Jahre wie möglich zu leben und wieder glücklich zu sein, aber ich bin zu müde dazu. Manchmal will ich einfach nur, dass alles ein für alle Mal vorbei ist.«

Carmen sieht sie eine Weile schweigend an. Lara versucht, in ihren Augen abzulesen, was sie denkt, doch sie sieht nichts als ihr eigenes Spiegelbild, das Bild eines verängstigten Mädchens, verloren in einem riesigen weißen Bett.

»Der Tod macht Angst«, sagt Carmen schließlich, »alles andere wäre auch komisch. Der rationale Teil deines Gehirns sagt dir, dass der Tod der Endpunkt von allem ist, auch wenn der emotionale Teil das Gegenteil glauben will. Deshalb hat die Menschheit im Laufe der Zeit auch eine ganze Menge Geschichten erfunden, die die Vorstellung vom Tod verständlicher und auch erträglicher machen. Die meisten dieser Geschichten bewegen sich innerhalb der religiösen Grundsätze, die alle Kulturen mit der Zeit erschaffen haben. Und jede liefert eine andere Lösung. Allen gemein ist aber, dass sie eine Art Hoffnung vermitteln.«

»Glaubst du nicht, dass es etwas gibt nach dem Tod?«

»Das ist eine sehr persönliche Sache. Am besten glaubt jeder an das, was seine eigene Existenz erträglicher macht. Zu glauben hat nichts Wissenschaftliches, der Glaube basiert definitionsgemäß auf nichts, das sich beweisen oder nachweisen ließe – sonst bräuchte es ja keinen Glauben. Jeder kann sich also aussuchen, wie, wann und woran er glaubt. Vielen Menschen gefällt die Vorstellung, dass nach dem Tod etwas von uns weiterlebt. Ein physischer Bestandteil unseres Körpers kann es nicht sein – wir wissen ja, dass sich die Materie zersetzt, wenn die gegen die Entropie arbeitenden Mechanismen aussetzen, stimmt's? Daraus hat sich dann die Vorstellung von der Seele entwickelt, als einem immateriellen Teil des Menschen, der alle höheren Fähigkeiten in sich birgt. Wie zum Beispiel das Bewusstsein des eigenen Lebens.«

Lara ist nicht wirklich klar, worauf Carmen hinauswill.

»Dann glaubst du also, dass die Seele existiert?«

»Hm. Kommt darauf an, was du unter Seele verstehst. Die Biologie lehrt uns, dass dieses uns so faszinierende höhere Denkvermögen im Gehirn angesiedelt ist, dass es auf einfachen elektrischen Impulsen und dem Austausch chemischer Substanzen zwischen den Zellen basiert. Dann muss es also genauso sterblich sein wie der Rest des Körpers. So gesehen würde die Seele zwar existieren, wäre aber alles andere als unsterblich. Für manche Leute ist die Vorstellung tröstlicher, dass die Seele auf irgendeine Art unabhängig von dem physischen Trägermaterial weiterexistiert, das sie definiert. Aber das ist eine andere Geschichte.«

»Klar: Alles, was in unserem Kopf passiert, basiert auf einer physischen Grundlage, das weiß man. Aber ist das alles? Mehr ist da nicht?«

»Das kann ich dir nicht beantworten. Ich nicht und niemand sonst. Die Antwort darauf bekommst du erst, wenn du stirbst, und dann kannst du niemandem mehr davon erzählen.«

Lara verdreht die Augen.

»Ja, ja, ich weiß schon ... ich brauche ja keine Bestätigung oder einen definitiven Beweis. Du müsstest schon ein Engel oder so etwas sein, um sagen zu können: ›Ja, Gott existiert, und er wartet auf dich hinter der zweiten Wolke rechts.‹ Ich will ja nur wissen, was du persönlich glaubst.«

»Was ich glaube, spielt keine Rolle. Genauso wenig wie das, was irgendjemand sonst glaubt. Das Einzige, was zählt, ist, was du selbst glaubst. Lass dir nicht von anderen ihren Glauben überstülpen. Ihr Glaube ist weder besser noch richtiger als deiner.«

»Ich weiß nicht ... Ich hatte immer das Gefühl, dass manche Leute mehr von diesen Dingen verstehen als ich.«

»Warum? Die Angst vor dem Tod ist universal. Deshalb ist es ja auch einfach, maßgeschneiderte Paradiese zu erfinden, in die diese unsichtbaren ›Essenzen‹ dann für immer eingehen können. Wie der Himmel zum Beispiel, aus der christlichen, jüdischen und muslimischen Mythologie. Dieses Bedürfnis ist sehr menschlich. Aber es setzt nicht voraus, dass irgendjemand den exklusiven Schlüssel dazu in der Hand hat.«

»Aber dieser Himmel, der ja mehr oder weniger in allen Kulturen vorkommt – müsste der sich nicht auf irgendetwas gründen, das es wirklich gibt?«

»Dieser Himmel bedeutet nichts anderes, als dass sich die Menschen im Verlauf ihrer Geschichte immer wieder mit ähnlichen Sorgen herumgeschlagen haben und immer wieder ähnliche Lösungen dafür gefunden haben – er bedeutet aber noch lange nicht, dass sie damit recht haben. Es fällt uns nur deshalb leichter, solche Mythen anzunehmen, weil wir eben unbedingt glauben wollen, dass sie real sind. Die Vorstellung, dass das Leben zu irgendeinem bestimmten Zeitpunkt unweigerlich zu Ende geht, wird erträglicher dadurch.«

»Ich will einfach nur die Wahrheit kennen, wie auch immer sie aussieht. Irgendwie macht es mich nervös, an Dinge zu glauben, die man nicht beweisen kann. Ich will wissen, was da ist nach dem Tod. Und zwar jetzt, bevor es so weit ist, selbst wenn die Antwort ›Nichts‹ lautet. Viel schlimmer ist doch die Ungewissheit.«

Carmen kann nicht anders, als in Lachen auszubrechen.

»Was gibt's da zu lachen?«, beklagt sich Lara leicht beleidigt. »Wir sprechen hier immerhin vom tragischsten Thema aller Zeiten.«

»Ja, schon, ich lache nur über deine Ungeduld. Ich lache über deine Wissbegier, die ist beneidenswert. Genau diese Unruhe hat die menschliche Spezies immer schon weitergebracht. Wir alle tragen diese Unruhe in uns, nur schenken ihr manche kein Gehör und begnügen sich mit der erstbesten Antwort.«

»Das ist vielleicht auch das Beste, was man tun kann. Die ewige Ungewissheit ist einfach zum Kotzen.«

»Einverstanden. Nur wenn es um den Tod geht, wird dir die Wissenschaft deine Ungewissheit nicht nehmen können. Von ihr erfährst du nur, dass sich dein Körper zersetzen wird und aufgrund der Entropie all seine Energie auf immer verliert. Wenn man an etwas Nichtkörperliches glauben will, das immun ist gegen den Verfall und weiterexistiert, muss man sich gar nicht erst die Mühe machen, die Existenz dieses Nichtkörperlichen zu beweisen – es geht einfach nicht. Da konzentriert man sich besser auf die Ruhe, die einem dieser Glauben schenkt, und ist glücklich.«

Glücklich sein. Wie das geht, wüsste Lara zu gerne. Klar, das Leben ist voller Rätsel, und es kann eine wahre Freude sein, sie zu entschlüsseln. Nur: Wozu soll das gut sein? Was nützt das alles, wenn am Ende doch alles verloren geht, alles zu einem Häuflein Asche wird? Wenn du nicht einmal weißt, was dich bei Sonnenaufgang erwartet?

Sie hat gar nicht bemerkt, dass Carmen näher gerückt ist, bis sie ihr einen Kuss auf die Stirn gibt. Ihre warmen Lippen halten einen Moment lang das Gedankenkarussell an, das sich in Laras Kopf dreht.

»Das ist die Reise, Lara. Die Reise ist die Antwort.«

»Welche Reise? Was meinst du?«

»Das, was allem einen Sinn gibt. Das Leben ist eine Reise, aber wichtig ist nicht das Ziel, das dich am Ende erwartet. Das Ziel kennst du, und es ist so unausweichlich wie unangenehm. Du kannst daran glauben, dass es das Tor zu einer besseren Existenz ist, nur vergiss dabei nicht, dass die Reise selbst das eigentlich Bedeutsame ist. Das ist das wirkliche Leben«, Carmen blickt sich um, »dieser Moment, jeder Atemzug, den du tust. Das ist es, was alles lohnenswert macht. Teil dieses Ökosystems zu sein, der großen Gaia, eine Zelle unter vielen zu sein, permanent im Austausch mit allen anderen Lebewesen zu stehen. Im Austausch mit Gerardo zu sein. Mit ihm zu sprechen, vor Aufregung zu zittern, wenn eine Nachricht von ihm kommt, bei ihm sein zu wollen, zu wissen, dass er bei dir sein will, trotz allem, trotz aller möglichen Probleme, dass du Gänsehaut bekommst, wenn ihr zusammen *Starlight* hört, weil du weißt, dass ihr etwas miteinander teilt, das sonst niemand hat, das nur euch gehört. Zu merken, wie der, in den du verliebt bist, das biochemische Gleichgewicht deines Körpers durcheinanderbringt und wie du jedes Zeitgefühl verlierst, wenn er dich küsst. Und wenn es nur einen kurzen Moment lang ist. Genau wegen solcher Momente ergibt alles einen Sinn, Lara. Wir leben so hektisch, immer in Sorge, dass nicht alles vorbei sein möge, bevor wir so weit sind, dass wir darüber ganz vergessen zu genießen, was wir haben. Das Leben ist das Einzige, von dem wir sicher sein können, dass es zählt, egal, ob uns noch viel davon bleibt oder nicht. Koste es aus. Koste jede

Sekunde aus, die du auskosten kannst. Liebe und lass dich lieben. Lass nicht zu, dass deine Krankheit bestimmt, was du bist. Setze dir keine Grenzen. Setze anderen keine Grenzen. Bau keine Barrieren auf zwischen dir und dem Leben.«

Lara weiß nicht, was sie erwidern soll. Sie war so sehr mit ihren Sorgen beschäftigt in den letzten Monaten, dass ihr das Leben allmählich aus den Händen geglitten ist. Nicht nur wegen der Krankheit – auch weil die Reise an sich aufgehört hat, das Wichtigste zu sein. Sie war nur noch damit beschäftigt, dass die Reise zu Ende gehen könnte, damit, was sie tun könnte, um sie zu verlängern. Und so hat sie dabei ganz vergessen zu leben.

Carmen dreht sich um und geht langsam zur Tür. Dann bleibt sie noch einmal stehen.

»Vor ein paar Jahren«, sagt sie und blickt zum Fenster hin, »fand ein amerikanischer Schriftsteller namens Anatole Broyard heraus, dass er an einer unheilbaren Krankheit litt und ihm nicht mehr viel Zeit blieb. Das Erste, was er dachte, war: ›Wenn der Augenblick kommt, an dem ich sterbe, möchte ich leben.‹ Verstehst du, was er damit meinte?«

Lara nickt. Nach dem langen Gespräch mit Carmen weiß sie ganz genau, was er meinte.

»Ich werde auch alles tun, was ich kann, damit es so ist, das versichere ich dir«, sagt Lara. »Wenn alles zu Ende geht, kann ich wenigstens sagen, dass ich gelebt habe, dass ich nicht damit beschäftigt war, die Minuten zu zählen, die mir noch bleiben. Ich werde maximal leben, ich werde das Leben maximal genießen«, Laras Stimme zittert nicht, als sie den Satz beendet, »auch wenn ich es nicht über diese Nacht hinaus schaffen werde.«

Carmen lächelt, während sie die Tür öffnet.

»Mach dir deshalb keine Sorgen: Die Nacht ist gleich vorüber.«

ZEHN

Als Lara die Augen öffnet, schweben schemenhaft Gesichter über ihr. Alle lachen, manche weinen auch. Wegen des grellen Tageslichts, das durchs Fenster dringt, fällt es ihr schwer, den Blick scharf zu stellen. Jemand lässt die Rollläden ein Stück herunter.

Nach ein paar Mal Blinzeln kann sie die Gesichter allmählich besser auseinanderhalten. Sie erkennt ihren Bruder, der glücklicher aussieht als an Weihnachten, als er seine Playstation ausgepackt hat. Und ihre in Tränen aufgelöste Mutter, die sich ununterbrochen die Nase putzt. Laras Vater hinter ihr umfasst ihre Schultern und ringt um Fassung. Etwas weiter weg steht Dr. Rovira und spricht mit einer Krankenschwester. Er sieht sehr zufrieden aus und prüft gerade ein paar Grafiken, die er in der Hand hält. Lara versucht, sich aufzurichten, aber ihr Körper reagiert nicht. Noch bevor sie etwas sagen kann, schnellen ein paar Hände vor und ziehen sie behutsam hoch, bis sie aufrecht in den Kissen lehnt. Sie will sich bedanken, doch ihr Mund scheint voller Zement zu sein. Auch das Schlucken fällt ihr schwer.

Jemand bietet ihr ein Glas Wasser an, und sie trinkt es leer, als hätte sie eine Woche lang kein Wasser mehr getrunken.

»Lara, mein Schatz, ich bin so froh! Was für ein Glück!«, sagt ihre Mutter und drückt ihre Hände.

Sie sieht ihre Mutter an, weiß nicht recht, wovon sie eigentlich spricht, und versucht zu lächeln. Ihr Vater streicht ihr übers Haar.

»Du hast uns ganz schön übel mitgespielt, aber jetzt ist ja alles gut«, versucht er zu scherzen.

Auch Pablo tritt näher ans Bett heran, aber er kann sie nur anstarren und weiß nicht, was er sagen soll.

Bevor Lara sich von der allgemeinen Begeisterung anstecken lassen kann, muss sie ihre Gedanken ordnen. Dies ist ihr Zimmer auf der Station. Das bedeutet, dass sie nicht mehr auf der Intensivstation liegt. Es ist wohl doch alles gut gegangen. Es ist Tag, also hat sie die kritische Nacht überstanden. Sieht so aus, als hätte ihr Körper die Schlacht gewonnen. Die Gefahr ist vorüber, zumindest für den Moment.

»Du bist sehr tapfer, Lara«, sagt Dr. Rovira mit seiner sanften Stimme. »Du hast nicht aufgegeben, und deine Anstrengung hat sich gelohnt. Das und die Medikamente haben dein Gleichgewicht wiederhergestellt. Zumindest ist dein Immunsystem mehr oder weniger ›besänftigt‹, sagen wir es mal so. Es dürfte jetzt eine Weile keine Probleme mehr machen. Wir werden sehen, wie es dir kommende Nacht geht und was die Laboruntersuchung sagt, und dann können wir allmählich daran denken, dich nach Hause zu schicken. Einverstanden?«

Lara lächelt und versucht, ein paar Worte herauszubringen. Die Töne kommen noch ziemlich verzerrt aus ihrer Kehle.

»Wie viel ... Uhr ... ist es?«, krächzt sie.

Ihre Mutter sieht auf die Uhr.

»Kurz nach drei. Warum? Hast du Hunger? Brauchst du etwas?«

Lara schüttelt den Kopf. Sie möchte mit Carmen sprechen, ihr sagen, dass sie recht hatte, dass es sich wirklich gelohnt hat, nicht aufzugeben. Dass der Anblick der glücklichen Gesichter ihrer Familie, als ihnen klar wurde, dass sie weiter bei ihnen sein würde, alles Leid wert war. Dass das Leben fantastisch ist, ja, natürlich, und dass sie unbändige Lust hat, es zu leben. Aber klar, Carmen ist nach der Nachtschicht sicher nach Hause gegangen.

Sie kann sich gar nicht daran erinnern, sich von ihr verabschiedet zu haben. Wahrscheinlich war sie eingeschlafen. Kein Wunder, nach dieser schlaflosen Nacht mit den endlosen Gesprächen. Ihr Körper brauchte Erholung. Genau wie ihr Geist. Ihr schwirrten so viele Dinge im Kopf herum, dass sie eine Weile stillhalten musste.

Sie fühlt sich völlig ausgelaugt, als hätte sie einen Marathon hinter sich. Und ein wenig schwindelig ist ihr auch.

»Ich bring dir noch ein paar Bücher zum Lesen«, hört sie Pablo sagen, während er den Stapel auf dem Nachttisch durchforstet. »Dann vergeht die Zeit schneller.«

»Nur noch wenige Tage«, fügt ihr Vater an. »Du hast ja gehört, was Dr. Rovira gesagt hat: Wir werden dich ganz schnell wieder zu Hause haben.«

Lara wendet sich zu ihrem Bruder und streckt den Arm aus.

»Ver...ne.«

»Was?«, fragt er.

»Den ... Verne. Lass ihn hier. Ich habe ihn ... noch nicht ... fertig gelesen. Ich will wissen, ... was mit dem Riesenkalmar passiert.«

»Eigentlich ist es gar kein Kalmar, weißt du? Im Original war es ein Krake, aber in den ersten Übersetzungen wurde aus dem Kraken ein Tintenfisch, ein Kalmar, warum auch immer, und so ist es dann geblieben. Habe ich in Wikipedia gelesen.«

»Du wirst noch ... ein ganz schöner Besserwisser«, sagt Lara.

Pablo grinst, weil seine Schwester schon wieder Späße macht.

»Ja, aber du magst mich trotzdem.«

»Leider – ich kann einfach nichts dagegen tun.«

Die ganze Familie bricht in Gelächter aus, sie sind glücklich, dass Lara wieder die Alte ist. Sie hat die Krise überstanden, und scheinbar ist auch ihre gute Laune wieder zurück.

II

Die Krankenschwester kommt herein, um das Tablett zu holen. Lara hat fast das ganze Abendessen geschafft, und das, obwohl es nicht besonders geschmeckt hat. Das Essen im Krankenhaus schmeckt ihr nie, aber das liegt vielleicht eher an der Umgebung als am Geschick der Köche. Diesmal aber hatte sie richtig Hunger und hat dem, was sie da verschlang, keine besondere Aufmerksamkeit geschenkt. Ihre Zellen brauchen Brennstoff, das spürt sie. Es ist, als würde sie von innen heraus wiederhergestellt werden. Jetzt ist sie sich endgültig sicher, heil aus dem Ganzen herauszukommen. Und das will sie erzählen!

»Wissen Sie, ob Carmen heute da ist?«

Die Schwester wirkt überrascht.

»Wer?«

»Carmen. Ich weiß nicht, wie sie mit Nachnamen heißt. Eine Ärztin von der Nachtschicht. Zumindest war sie gestern da.«

»Es gibt auf der Intensivstation keine Ärztin, die Carmen heißt, meine Süße. Bist du sicher, dass das ihr Name ist?«

»Eine Krankenschwester vielleicht? Oder eine Studentin?«

»Nein, auch nicht.«

»Aber ich habe die ganze Nacht mit ihr gesprochen!«

Die Schwester tritt an ihr Bett und legt ihr die Hand auf die Stirn. Sie nimmt ihre Hand und misst unauffällig ihren Puls.

Abrupt zieht Lara die Hand zurück.

»Ich habe kein Fieber, und ich halluziniere auch nicht! Carmen war gestern viele Stunden bei mir. Irgendjemand muss sie gesehen haben, ganz sicher.«

Die Schwester sieht sie sanft an. Sie richtet die Kissen neu und streicht die Decke glatt.

»Unmöglich, Lara. Ich hatte Nachtdienst und habe dich selbst die ganze Nacht überwacht, ohne Unterbrechung. Ich habe dich nicht aus den Augen gelassen, so wie es Dr. Rovira angeordnet hat. Die ganze Nacht über hat niemand dein Zimmer betreten, außer den drei oder vier Malen, in denen ich selbst nachgesehen habe, ob alles in Ordnung ist. Außerdem warst du gar nicht bei Bewusstsein. Aber du hast dich die ganze Zeit bewegt, weißt du? Ziemlich in Aufruhr warst du, als würdest du träumen. Manchmal hast du auch gesprochen, abgehackte Sätze, die keinen Sinn ergaben. Und stark geschwitzt hast du. Ich musste dich immer mal wieder mit einem Handtuch abtrocknen. In den ersten Stunden haben wir uns große Sorgen um dich gemacht. Es sah aus, als würdest du nicht durchkommen ... aber dann haben sich die Vitalfunktionen nach und nach stabilisiert, und du hast diese schweren Stunden hinter dir gelassen.«

»Ich war ... bewusstlos?«

»Ja. Die ganze Nacht.«

»Das kann nicht sein! Ich weiß doch sogar noch genau, wie ich aufgestanden bin! Ich bin zum Fenster gegangen und habe den Mond angesehen ...«

Die Schwester lacht.

»Zum Fenster? Auf der Intensivstation? Da gibt es keine Fenster, Lara. Nur Betten und Maschinen.«

»Keine Stühle, keine Nachttische ...«

»Keine Besuche, keine persönlichen Gegenstände, nichts dergleichen.« Die Schwester weist mit einer ausladenden Geste auf die Dinge im Raum.

Lara verstummt.

»Jetzt versuche, ein wenig zu schlafen, das wird dir guttun. Du musst so viel ruhen wie möglich. Dein Körper hat eine Riesenanstrengung hinter sich.«

Als sie wieder alleine ist, dreht sich alles in Laras Kopf. Sie kann nicht glauben, was die Schwester gesagt hat. Und doch stimmt es wohl.

Carmen ... War sie gar nicht real? Wie kann das sein? Sie erinnert sich doch genau daran, wie sie neben ihr saß! Sie weiß genau, wie sich ihre Hände angefühlt haben, wie sich ihre Stimme angehört hat. Sogar wie gut sie roch, weiß sie noch.

Und all das, was sie erzählt hat?

Lara dreht sich zum Nachttisch und sieht die Bücher und den Stapel Zeitschriften darauf an. Neben den *20 000 Meilen unter dem Meer* liegen ein paar ältere Ausgaben des Wissensmagazins ihres Bruders, ein Special der Lieblingszeitschrift ihres Vaters über regenerative Medizin, ein Essay von Isaac Asimov über das Leben auf anderen Planeten, den sie irgendwann einmal gelesen hat und den auch Pablo ihr mitgebracht haben muss, und ganz unten das Biologiebuch von diesem Schuljahr. Jetzt fällt ihr auch ein Dokumentarfilm über die Entstehung des Lebens auf der Erde wieder ein, den sie kürzlich gesehen hat, und eine Reportage über Lovelock und die Gaia-Theorie ...

Hatte sie also eigentlich alles schon gewusst? Das kann doch nicht sein. Hatte sie all die Informationen in irgendeiner abgelegenen Ecke ihres Gehirns gespeichert, und Carmen war einfach nur der Auslöser, der allem einen Sinn gab und in ihr die nötige Motivation weckte, um durchzuhalten?

Carmen ...

Aber wer ist Carmen? Was ist Carmen?

Lara bleibt das Herz stehen. War sie ein Engel? War das möglich? Hatte ihr jemand einen Schutzengel gesandt, der sie retten sollte? Genau in dem Moment, in dem sie völlig am Boden und bereit war, aufzugeben? Im Film gab es so etwas ja ...

Bei der Vorstellung muss sie lachen. Sie stellt sich vor, was Car-

men sagen würde, wenn sie ihr davon erzählte. Engel. Himmel. See-
len. Warum nicht? »Glaub an das, was dir hilft, glücklich zu sein,
Lara.«

Es gibt aber auch eine rationalere Erklärung. Die Erklärung ihres
Geistes, der an die Grenzen seiner Möglichkeiten gelangt ist und
jetzt etwas sucht, woran er sich festhalten kann, einen Rettungsring,
mit dessen Hilfe er noch eine Weile weiterschwimmen kann. Die
Erklärung einer durch haufenweise Tabletten vernebelten Nacht,
eines tablettenbedingt seltsam tiefen Schlafes, der die Vorstellungskraft dazu einlädt, sich von allen Fesseln zu lösen, den Blick nach innen zu richten und dort einen neuen Weg zu finden.

Carmen hat ihr geholfen, diesen Weg zu finden, da ist sie ganz
sicher. Ohne sie wäre ihr das nie gelungen. Um durchzukommen,
brauchte sie einen Spazierstock, und irgendwie hat sie ihn bekommen. Oder ihn selbst hergestellt. Welche Rolle spielt das schon.
Sicher ist jedenfalls, dass es funktioniert hat, und das ist jetzt das
Einzige, was zählt.

Am meisten schmerzt sie, dass sie Carmen nie wiedersehen wird,
dass sie sich nicht bedanken kann für alles, was sie für sie getan hat.
Obwohl ... man kann nicht ausschließen, dass sie nicht wieder auf-
taucht, wenn Lara sie braucht, oder?

Lara denkt an Carmens letzte Worte, nimmt alle Kraft zusammen und streckt die Hand nach dem Handy aus.

Ihre steifen Finger haben Mühe, die Worte einzutippen.

»Gerardo, was machst du morgen? Kommst du mich besuchen?
Ich will dich sehen.«

David Bueno Torrens (geboren 1965 in Barcelona, Spanien) ist Doktor der Biologie und lehrt Genetik an der Universität Barcelona. Er studierte und forschte an den Universitäten von Barcelona und Oxford; dabei konzentrierte er sich auf Biologie und Entwicklungsgenetik sowie auf Neurowissenschaften, vor allem im Zusammenhang mit menschlichen Verhaltensweisen. Auch am EMBL, dem Europäischen Labor für Molekularbiologie in Heidelberg, an der Universität Innsbruck in Österreich und in Baltimore in den USA führte er Forschungsprojekte durch. Er leitet Kurse zu unterschiedlichen Themengebieten der Genetik und veröffentlichte mehr als sechzig wissenschaftliche Artikel in Fachzeitschriften. Mit großer Leidenschaft für die Wissenschaft, die Natur und die menschliche Kultur mit all ihren Facetten verfasste er neun wissenschaftliche Sachbücher und mehrere Lehrbücher und wirkte an verschiedenen Enzyklopädien mit. Er schreibt regelmäßig für verschiedene Publikationen und nimmt an Radio- und Fernsehprogrammen teil. 2010 erhielt er den *premio europeo de Divulgación Científica »Estudi General«* (etwa: Europäischer Preis für die Verbreitung der Wissenschaft). *www.ub.edu/geneticaclasses/davidbueno*

Salvador Macip Maresma (geboren 1970 in Blanes, Spanien) ist Arzt, Forscher und Schriftsteller. Er lehrt an der Universität Leicester in Großbritannien und leitet dort eine Forschungsgruppe, die sich mit den Grundlagen von Krebserkrankungen und Altersprozessen auf Molekularebene beschäftigt. Salvador Macip ist Autor bzw. Co-Autor von fünf Romanen, zwei Kinderbüchern und einem Lehrbuch zum Erlernen der englischen Sprache, für die er mehrere Preise erhielt. Im wissenschaftlichen Bereich verfasste er vier Bücher, in denen er die Themen Unsterblichkeit und Perfektion, bedeutende Epidemien der Moderne, Krebs und »Gott spielen« behandelt.

Seine Werke wurden aus dem Katalanischen ins Spanische, Portugiesische und Türkische übersetzt. Macip schreibt regelmäßig für Zeitungen und Radiosender. *www.macip.org*

Eduard Martorell i Sabaté (geboren 1964 in Barcelona, Spanien) ist studierter Biologe, hat ein postgraduales Studium in Präventivmedizin absolviert, arbeitet als Verleger im spanischen Verlag La Galera und ist Dozent an der Internationalen Universität Katalonien in Barcelona. Er lehrt Naturwissenschaften und gibt Kurse zu den Themen Kindheit, Gesundheit und Ernährung. Für Kinder und Jugendliche verfasste er mehrere Bücher, Geschichten und Artikel über die Natur. Außerdem ist er Co-Autor von zwei populärwissenschaftlichen Büchern: eines behandelt die Vorzüge von Sex (geschrieben mit David Bueno), in dem anderen, das er mit seiner Schwester Anna verfasste, geht es um Gesundheit.

Kristin Lohmann, 1971 geboren, studierte Spanisch, Französisch und Komparatistik. 2009 gründete sie die Agentur WortSchatz und machte sich als Übersetzerin und Lektorin in München selbstständig.

erscheint als Hörbuch bei audio media, gelesen von Julia Fischer

Die Originalausgabe erschien 2014 unter dem Titel
Els límits de la vida. Una novel·la sobre el que som bei La Galera, Barcelona.

Die vorliegende Übersetzung wurde gefördert vom Institut Ramon Llull.

institut
ramon llull
Katalanische Sprache und Kultur

1 2 3 4 5   21 20 19 18 17

MIX
Papier aus verantwor-
tungsvollen Quellen
FSC
www.fsc.org   FSC® C014496